그 순간의 너를
나는 영원히 잊지 않아

후유노 요조라 장편소설
박주아 옮김

그 순간의 너를
나는 영원히 잊지 않아

차례

프롤로그

인물 사진 전문 잡지사가 주최한 경연대회 참가작 중 특별 게재된 이질적인 사진을 한 장 발견했다. 「여름 밤하늘, 가장 밝게 빛나는 별」이라는 작품명을 단 사진이었다. 작품명과는 다르게 별 하나 보이지 않는, 석양을 배경으로 방 안에서 한 명의 소녀를 찍은 사진이었다.

정교한 기술로 아름답게 찍은 다른 작품들과 비교하면 너무 아마추어 같은 사진이었다. 초점이 어긋난 채 찍힌 소녀, 석양의 빛도 조금 번져 있었다. 보통이라면 이 잡지에 실리지 못할 그런 사진이었다. 하지만, 왠지 모르게 그 사진에서 눈을 뗄 수 없었다.

마치 자신의 행복을 되새기듯 사진 속 소녀는 흐르는 눈물을 아랑곳하지 않고 환하게 웃고 있었다. 촬영한 사람은 분명히 이 순간의 표정을 놓치지 않으려고 황급히 찍었을 것이다. 그렇지 않으면, 이렇게나 초점이 어긋나는 일은 없었겠지.

촬영이란 본래 차분한 환경에서 집중해서 찍는 것이라 하지만, 오랜 세월 수많은 사진을 접해온 나도 '피사체가 가장 빛나는 순간을 찍는다.'라는 본연의 역할을 이다지도 성실히 수행한 작품은 본 적이 없다.

이 사진에는 분명 무언가 큰 의미가 있을 것 같았다. 두 사람 사이에 어떤 대화가 오고 갔을까. 이 사진을 찍기까지 어떤 과정을 거쳤을까. 나는 그게 궁금해서 견딜 수가 없었다. 결국 나는 프로 사진작가임을 밝히며 잡지 편집부에 특별 게재 사진 촬영자와 이야기를 나눠보고 싶다고 말해 연락처를 받았다.

촬영자는 내 전화에 흔쾌히 응해주었다. 고등학교 재학 중인 17세 남자라고 했다. 놀랐다. 고등학생이 이런 사진을 찍을 수 있단 말인가. 내가 고등학생일 때는 외면의 아름다움에만 집중한 사진밖에 찍지 못했었는데. 그는 나에게 사진 속 소녀와 보냈던 약 2개월간의 일을 정말 즐거운 듯이 이야기해주었다. 그러고는 "이제 두 번 다시 제가 카메라를 잡을 일은 없습니다."라고 말했다.

제1장

교내에서 몇 안 되는 출입 금지 구역 중 하나인 학교 옥상. 여기로 나를 불러낸 같은 반 친구, 아야베 카오리는 말했다.

　"우리가 지금 보고 있는 별빛은 말이야. 아주 오래전 빛이래. 나는 그런 별빛을 보고 있으면 꼭 별의 표정을 보고 있는 것처럼 느껴져. 봐봐, 지금 일등성이 웃었지?"

　문을 열고 옥상으로 나온 나에게는 눈길 한 번 주지 않은 채, 그녀는 계속 하늘을 보고 있었다. 그런 그녀를 따라 하늘을 바라보았지만, 거기에는 주황색과 군청색이 어우러진 노을밖에 없었다.

"웃고 있는 1등 학생 같은 건 안 보이는데."

내가 말하자, 그녀는 어이없다는 듯이 한숨을 쉬며, 시선은 하늘에 고정한 채 답했다.

"1등생이 아니고, 일등성! 내가 말하는 건 별이야 별. 뭐, 1등 학생 별자리라는 게 있을 수도 있겠지만."

"별이 웃었다고?"

"응, 맞아. 방금은 엄청 크게 웃었어. 별도 어제 TV에 나왔던 코미디 프로그램을 본 게 틀림없어. 나도 그거 보고 너무 웃어서 배가 아팠는걸."

나는 어제 봤던 코미디 프로그램을 떠올렸다.

"그건 그렇고, 나를 여기로 부른 이유는 뭐야? 옥상은 출입 금지 구역이잖아."

"후후후, 나는 아니지롱."

그녀는 자신만만하게 웃어 보이며 손가락을 가볍게 돌렸다. 그녀가 손가락을 돌릴 때마다 무언가가 반짝였다.

"그거 열쇠야?"

"나는 옥상 출입을 허가받은 천문 동아리 소속이야. 이렇게 별을 바라보는 게 동아리 활동이라고. 좋겠지?"

"아 그래. 그럼 내가 동아리 활동에 방해가 됐겠네. 난 이만 갈게."

내가 휙 돌아서자 그녀는 당황한 듯했다.

"잠깐! 너 나한테 할 얘기 있지 않아?"

이상한 소리다. 자기가 불러내놓고 나한테 할 말이 있지 않냐니…….

"네가 나한테 볼일이 있는 건 아니고? 그렇게 끈질기게 와달라 해놓고."

"뭐, 그건 그렇지만!"

그녀는 입꼬리를 살짝 올리며 말을 이었다.

"그런데 여기서 그냥 그렇게 가버리면 네 입장이 곤란해지지 않을까? 나는 입이 가벼우니까 '지난번 그 일'을 퍼뜨릴지도 몰라. 너는 나한테 해명해야 하는 게 있지 않아?"

"아하… 알았어. 나는 그거 완전 누명이라고 생각하지만, 일단 네 이야기를 들어는 볼게. 그래서?"

거드름을 피우고 있지만 그녀가 하고 싶은 말은 알고 있었다. 나는 취미로 카메라를 들고 다니면서 사진을 찍는데, 얼마 전 그녀의 모습을 허락 없이 찍을 뻔한 적이 있다. 틀림없이 그때 일을 이야기하는 것이다. 확실히 내가 도촬을 했다는 식으로 교내에 소문이라도 나면 학교 다니기 어려워지겠지.

"거기 당신! 이 여학생을 몰래 찍으려 했죠? 한 소녀의 애수 어린 모습을 몰래 촬영하는 게 얼마나 큰 죄인 줄 아십니까? 그 죄를 용서받으려면 당신은 소녀의 소원 하나를 들어줘야 합니다."

그녀는 재판관이 된 것마냥 준엄한 말투로 나를 다그쳤다.

"앗 그렇습니까? 이 불쾌한 누명을 벗을 수만 있다면 그 소원 들어드려야죠."

어쩔 수 없이 나도 그녀에게 장단을 맞춰주었다. 지금 그녀를 기분 나쁘게 하면, 내가 몰카범이라는 악의 가득한 소문이 퍼질 것이다. 그럴 가능성은 처음부터 없애야 한다.

"어? 그렇게 바로 수락하는 거야?"

'어리둥절'이라는 말이 어울릴 법한 얼굴로 그녀는 의외라는 듯이 목소리를 높였다.

"네가 이상한 소문을 내지 않겠다고 약속해준다면 한 번쯤은 네 소원을 들어줘도 괜찮지 않을까. 소원 내용에 따라 다르겠지만."

"그렇구나. 싫어할 거라고 생각해서 조금 놀랐어."

그녀의 말에 속으로 안도의 한숨을 쉬며, 말을 이어갔다.

"그래서, 내가 뭘 해주면 되는데? 뭘 바라는데?"

"그 빈정대는 말투. 그러니까 네가 친구가 없는 거야."

"너야말로 빈정대는 거 아니야?"

"앗, 그러고 보니 그렇네. 미안."

전혀 기죽지 않고 그녀는 웃으며 답했다.

"아무튼, 그래서? 나도 이제 동아리 활동 가야 해."

"아, 그래? 사진 동아리였나?"

"어. 빨리 용건이나 말해."

본론은 말하지 않고 딴소리만 하는 그녀의 태도에 나는 슬슬 짜증이 났지만, 그녀는 그런 나와는 대조적인 모습이었다.

"글쎄, 막상 말하려니까 부끄러운데……."

헤헤, 하고 고개를 살며시 숙이며 그녀는 멋쩍게 웃었다.

"부끄럽다고?"

교실에서 왁자지껄 떠들던 평소의 그녀를 생각하면 상상할 수 없는 모습이었다. 도대체 그녀는 나에게 무엇을 시킬 생각일까?

"있잖아."

"응."

"나를 찍어줘."

"응?"

"아니 그러니까, 내 사진을 찍어달라고. 모델이나 뭐, 아무튼 그런 거에 한번 도전해보고 싶으니까, 그러니까 내 전속 사진작가가 되어주면 좋겠어!"

하고 싶은 말을 전부 뱉어낸 그녀는 다시 고개를 숙였다.

"아, 뭐야."

"어, 지금 모델 같은 건 안 어울린다고 생각했지!"

"응."

나도 모르게 고개를 끄덕였다.

확실히 그녀는 눈에 띄는 편이다. 아몬드 모양의 눈매에 크고 선명한 눈동자를 가졌고, 쭉 뻗은 높은 코를 가졌다. 웃는 모습도 매력적이어서 반 친구들 사이에서 인기가 많다. 그렇지만 모델처럼 화려한 일에는 관심이 없을 것 같다고 생각했기 때문에 의외였다. 뭐, 평소 그녀와는 말을 섞어볼 일이 없어서 이건 나의 개인적인 의견에 불과하지만 말이다.

"그거 엄청나게 실례 아니야?"

"거짓말할 수는 없잖아."

"뭐, 됐어. 나도 내가 모델은 안 어울린다고 생각했으니까. 그래서, 소원은 들어주는 거야?"

"인물 사진은 거의 찍어본 적 없긴 하지만, 초보가 찍은 사진이라도 괜찮다면 좋아. 나도 연습하기 좋은 기회고."

이건 생각지도 못한 기회다. 인물 사진에 자신이 없는 나에게 이런 기회는 흔치 않다고 자신을 다독였다.

"다행이다. 거절하면 어떻게 하지, 라고 생각했는데. 잘 됐다 잘됐어."

내 대답에 만족했는지 그녀는 기쁜 듯이 몇 번이나 고개를 끄덕였다. 그때마다 어깨선쯤 오도록 단정히 다듬은 그녀의 검은 머리카락이 흩날렸다.

"그럼, 앞으로 잘 부탁해. 서로 '야', '너'라고 부르는 것도 이상하니까, 자기소개 할까?"

"됐어, 너처럼 인기 있는 반 친구의 이름 정도는 알고 있어."

"이름을 알고 있으면서 계속 그렇게 '야'라고 부르는 건 아니지 않아? 나도 네 이름 알고 있어. '아마노 테루히코'지? 그건 그렇고 의외네. 나는 네가 내 존재에 대해서 별로 신경 안 쓰고 있을 줄 알았어. 아마노 군은 반 친구들한테 별로 관심이 없어 보이기도 했고."

"그 말도 맞아. 하지만 나도 수다스러운 애들 이름 정도는 알고 있어. 별로 엮이고 싶지 않거든."

빈정거리는 투로 말하자, 그녀는 유쾌하게 웃었다.

"아하하하, 그건 나도 인정하지. 하지만, 아쉽게도 엮여 버렸네."

"진짜 아쉽게도 말이지. 그러니까, 내 앞에선 최대한 조용히 해줘."

"그건 안 되겠는데? 아하하하!"

그녀는 매우 즐거운 듯 크게 웃었다.

이래서 수다스러운 사람과는 가능하면 엮이고 싶지 않다. 도대체 뭐가 그리 재미있는지 항상 저렇게 웃고 있는 걸까, 나는 이해할 수 없다. 다만 그녀의 웃는 모습을 보고 있으면 왠지 나도 모르게 같이 웃게 될 것 같다. 만약 그녀처럼 나도 활짝 웃을 수 있다면, 조금 더 즐거울 수도 있겠다는 생각을 했다.

"그럼, 앞으로 잘 부탁해. 아마노 테루히코 군."

"나야말로, 아야베 카오루 씨."

"아잇! 이름 틀렸잖아! 내 이름은 아야베 카오리. 제대로 알고 있지도 못하네!"

의도적으로 이름을 다르게 불러도, 그녀는 웃는 얼굴로 불평을 늘어놓았다. 그녀는 자신의 이름이 다르게 불리는 것조차도 즐겁게 생각할 수 있는 사람일지도 모른다…….

"그것참 대단히 실례했습니다."

내가 고개를 숙이며 사과하자 그녀는 다시 큰 소리로 웃었다.

문득 휴대폰으로 시간을 확인해보니 이미 동아리 활동 시간이 반이나 지나 있었다. 완전 지각이었다.

"그럼 난 이만 갈게."

"이야기 들어줘서 고마워. 동아리 활동 열심히 해."

"그럼 이만."

내가 문을 열자 그녀가 기다렸다는 듯 말했다.

"이번 주 일요일 오후 한 시, 학교 근처 역 앞에서 만나."

내 일정을 전혀 고려하지 않고 통보하는 그녀에게 따지고 싶었지만, 나는 못 들은 척 문을 닫았다.

별을 관측하는 그녀 역시 망원경으로 천체를 들여다보며 사진을 찍으니 사진작가라고 할 수 있다. 그런 그녀는 자신이 사진을 찍히는 입장이 되었을 때 어떤 표정을 내비칠지, 조금 관심이 생겼다.

일요일 약속 장소에 나가도 괜찮지 않을까 하는 생각이 싹텄다. 우리는 사진작가와 모델의 관계니까.

＊

모든 것은 갑작스러운 나의 변덕에서 시작되었다…….

"테루히코가 직접 이벤트에 참가하다니, 별일이 다 있네. 불꽃 축제는 내일 아니었나?"

"아니, 불꽃 축제는 오늘이고 지금부터 그걸 보러 갈 거야. 비가 내리는 동안에 말이야."

나의 하나밖에 없는, 소꿉친구인 아리타 루이는 내가 이벤트에 참가한다고 하자 깜짝 놀란 얼굴로 바라보았다.

시끄러운 장소가 불편해서 평소 사람이 많은 장소를 피하는 내가 스스로 '비를 뚫고 불꽃 축제를 보러 가자'고 나서서 놀란 것이다.

특별한 이유는 없었다. 운명에 이끌린 것도, 이벤트에 참여해야겠다는 확고한 의지가 있었던 것도 아니다.

매년 7월 7일, 칠석에는 경마장에서 불꽃 축제가 열린다. 야시장은 열리지 않지만 불꽃놀이를 아주 가까이서 볼 수 있는 절호의 기회다. 비가 내려도 불꽃 축제는 진행한다는 얘기에 진귀한 광경을 찍을 수 있지 않을까 하는 생각이 머릿속에 떠올랐기 때문이었다.

붐비는 경마장 관중석을 떠나 코스 안쪽에 있는 잔디밭에 도착했다. 이곳은 불꽃놀이가 있는 날에만 특별히

개방된다고 한다. 비를 막아줄 게 없는 곳이라 사람이 별로 없었다. 조용한 곳을 찾던 나에게 딱 좋은 곳이었다.

질척거리는 땅을 조심히 밟으며 불꽃놀이를 촬영하기 좋은 자리를 찾던 중, 심장이 주저앉을 만큼 큰 파열음이 들렸다.

첫 번째 폭죽 소리였다. 하지만 내 키가 작아서인지, 높고 난잡하게 늘어선 우산 무리에 시야가 가려서 잘 보이지 않았다. 키가 큰 루이는 음료수를 사러 가서 불꽃놀이 사진을 찍으려면 어떻게든 스스로 해결해야 했다.

우산을 왼손에, 카메라를 오른손에 들고서 사람들 사이를 헤쳐나가다 나는 멈춰섰다.

"아……."

숨을 삼킨 뒤 무의식적으로 카메라를 잡았다. 재빨리 뷰파인더를 들여다보며 대상에 초점을 맞췄다. 그저 아름답다는 생각으로 가득 차서 카메라를 가진 사람으로서 그 순간을 담으려고 했을 뿐이었다.

내리는 비 때문에 초점이 잘 맞지 않아 뷰파인더 안의 세계는 흐릿했다. 하지만 피사체인 유카타 차림의 여성만은 선명했다.

여성이 들고 있는 투명 비닐우산에 불꽃이 비쳐 마치

전통 우산을 손에 들고 있는 것처럼 아름답게 보였다. 그리고 애틋하게 불꽃을 올려다보고 있는 여인의 우수 어린 옆모습과 흐릿하게 번지는 불꽃이 나를 매료시켰다.

하지만 셔터를 누르지는 못했다.

"지금 뭐 하는 거야?"라는 말과 함께, 피사체가 나를 바라봤기 때문이다. 그리고 동시에 내가 무슨 짓을 한 건지 자각했다. 미수이긴 했지만.

"도촬은 범죄 아니야?"

그 여자는 이미 나도 익히 알고 있는 같은 반 친구였다.

*

"변명할 게 있다면 방과 후 옥상으로 와."

다음 날 아침 그녀는 교실에서 나에게 몇 번이고 같은 말을 했다.

다시 떠올리고 싶지 않은 겸연쩍은 기억이라서 모른 척하려 했지만 그럴 수 없었다. 인기 있는 여학생이 차분한 이미지인 나에게 끈질기게 말을 건네는 모습이 학급 내 모두의 이목을 집중시켰기 때문이다. 게다가 그녀와 나는 평소에 어울린 적이 없어서 더 시선을 끈 것 같았다.

무슨 일이냐며 흥미로운 듯 물어오는 주변 친구들이

나 당황하는 나를 아랑곳하지 않고 그녀는 끝까지 나에게 대답을 요구했다. 더는 시끄러워지길 원치 않았던 나는 반강제적으로 방과 후 꼭 옥상에 가겠다고 약속하고 말았다.

하지만 그 후로도 그녀는 계속 스스럼없이 말을 걸어왔다. 그날이 평소 조용히 지내던 내가 인생에서 가장 주목받은 날일 것이다.

축제 때 순간적인 기분에 휩쓸려 행동하면 안 됐는데… 행동하기 전에 한 번 더 생각하자, 생각 없이 행동하면 안 된다. 그게 이번 일로 내가 얻은 교훈이었다.

*

햇빛이 따가울 정도의 날씨였지만 비가 온 뒤여서 습했다. 그렇게 온몸이 땀범벅이 되어 여름이 왔음을 느끼고 있었다.

그날 내가 그런 행동을 하지 않았다면 역 앞에 서서 이렇게 약속 시각보다 30분이나 지각한 반 친구를 기다리고 있지 않았을 것이다.

그녀의 말을 무조건 따라야 하는 건 아니다. 그래도 일단 그녀와 약속한, 정확히 얘기하면 그녀에게 통보받은 약속은 지키려고 여기에 왔지만 이렇게 더운 곳에 서서 기다릴 바에는 나중에 이상한 트집이 잡히더라도 오지 않는 편이 나았겠다고 후회했다.

집에서 들고 온 물도 반이나 마셨다. 그녀의 기분을 맞춰줘야 하는 처지긴 했지만, 이 더위에 쓰러지기라도 하면……. 30분만 더 기다려보고 안 오면 집에 가자고 생각했다. 그렇게 결심했을 때 저 멀리 아지랑이 너머로 내가 기다리던 사람이 비틀비틀 걸어오고 있는 것이 보였다.

"미안해! 내가 좀 늦었지!"

그녀는 한눈에 봐도 꽤 지쳐 보였고, 나보다 더 많이 땀을 흘리고 있었다. 검은색 민소매에 흰색 바탕의 꽃무늬가 들어간 얇은 롱스커트를 입고 있는 그녀. 가슴팍에 반짝이는 작은 목걸이가 그녀를 더욱 돋보이게 해주었다. 유행에 무관심한 내가 봐도 세련되어 보이는 복장이었다.

"무슨 일이야? 땀도 그렇게 많이 흘리고……."

내 물음에는 대답하지 않고 그녀는 내 손에서 물병을 빼앗아 그대로 벌컥벌컥 마셨다.

"물은 잘 마셨어. 내친김에 아이스크림도 하나 사줘."

뻔뻔하게 아이스크림까지 사달라고 조르는 그녀의 말은 무시하고 왜 늦었는지부터 물었다.

"하하, 내가 좀 늦기는 했지? '남자랑 약속이다!'라고 생각해서 평소보다 신경 써서 준비하고 있었는데, 그 틈에 우리 집에 한 대밖에 없는 자전거를 오빠가 타고 가버렸지 뭐야……."

"그래서 여기까지 걸어왔구나?"

"맞아, 집에서 여기까지 걸어오려면 자전거로 오는 것보다 30분은 더 걸리거든."

어깨를 움츠리며 두 손을 모은 뒤 미안한 듯 미소 짓는 그녀. 나는 작게 한숨을 쉬고 나서 빈 물병을 가방에 넣었다.

"알겠어. 그래도 와줬으니까 괜찮아."

"다행이다. 약속 시간에 늦어서 아마노 군이 돌아가버렸으면 어떡하나 했거든. 애초에 오늘 와줄까 걱정되기도 했고."

여기에 나올까 말까 고민하긴 했다. 하지만 나의 실력을 향상시킬 좋은 기회이기도 했고 그녀의 사진작가가 되기로 했으니 나오기로 결정했다.

"그래서 오늘은 뭐 할 거야?"

"아마노 군은 점심 먹었어?"

"대충 먹었어."

"역시 그럴 줄 알았어."

그녀는 이해하는 듯 묘하게 고개를 끄덕였다.

"왜?"

"혹시나 아마노 군이 안 먹었을까봐 나도 안 먹고 왔거든. 그래서 물어본 것뿐이야."

아차 싶었다. 그런 것까지 미리 신경 쓰고 상대방을 배려하는 점에서 그녀와 나의 차이를 느꼈다.

"…미안해. 내가 너무 생각이 짧았네."

"괜찮아. 별로 신경 쓰지 않아도 돼. 한 시에 만나자고 했으니 애매하기도 했고."

"다음부터는 신경 쓸게."

"응! 다음엔 같이 먹자. 그것보다 얼른 목적지로 가자!"

"목적지라니? 학교 근처에서 촬영하는 거 아니야?"

"일단 따라와!"

"어디로 가는 건데?"

"너의 인간성을 확인하러!"

순간 그 말을 듣고 깜짝 놀랐다. 역시 그녀는 아직도 나를 도촬범으로 생각하고 있는 걸까.

그러나 나의 반응 따위는 개의치 않는다는 듯이 그녀는 내 팔을 잡고 그대로 역 안으로 끌고 갔다.

"잠깐만, 전철 타는 거야?"

"응, 맞아."

"그럼 잠깐 기다려. 표 좀 사 올 테니까."

"아, 그건 나한테 맡겨줘."

개찰구 앞까지 나를 끌고 간 그녀는 선불식 교통카드를 나에게 내밀었다.

"이건 뭐야? 네 거도 있어?"

"물론이지. 그건 아마노 군 쓰라고 따로 준비한 거야."

"그게 무슨 소리야?"

"나랑 만날 때는 이걸 쓰면 된다고."

말문이 막힌다는 말은 이럴 때 쓰는 말인 것 같다. 뭐라 해야 할지 몰라 멍하니 있는데 그녀가 재빨리 개찰구 안으로 들어가버려 어쩔 수 없이 받은 카드를 사용했다.

"이게 다 얼마야?"

개찰구에 표시된 카드 잔액은 내가 잘못 본 것이 아니라면 20,000엔이었다. 생각했던 것보다 0이 하나 더 많았다.

"왜 그래, 빨리 따라오지 않고."

그녀는 내가 눈살을 찌푸리고 고개를 갸우뚱하는 모습을 여러 각도에서 관찰하며 즐기고 있었다. 그녀에게는 기다림이라는 개념이 없는지도 모른다.

"이 잔액은 뭐야?"

"아, 그 카드에는 20,000엔까지밖에 충전이 안 되더라고."

"이런 큰 액수가 들어 있는 교통카드를 받기는 좀 그런데……."

"그건 신경 안 써도 돼. 앞으로 여러 곳을 가려면 오히려 부족할 정도니까."

국경이라도 넘을 생각일까. 확실히 사진은 배경이 중요하지만, 그렇다고 먼 곳까지 가서 찍을 거라고는 미처 예상하지 못했다. 나는 사진에 대한 그녀의 진심을 이해하지 못한 것일지도 몰랐다.

"일단 빨리 가자."

그녀의 재촉에 난 앞으로 어떻게 될까 하는, 조금은 두려운 마음을 안고 전철을 탔다.

남들이 하자는 대로 따르는 걸 선호하는 나지만, 이렇게 모든 걸 혼자 정한 뒤에 통보하는 그녀에게 맞추기란 쉽지 않을 것 같다는 생각이 들었다.

"돈은 언젠가 꼭 갚을게."

그렇게 대답하는 것이 내가 할 수 있는 유일한 반항이

었다.

우리는 종점에서 내렸다. 전국에서 두 번째로 승하차 자 수가 많은 역이었다. 그리고 이곳의 많은 인파와 여름 의 더위는 나를 질리게 했다. 그녀 같은 외향적인 사람들 은 어째서 인파 속으로 스스로 뛰어들려는 걸까.

"아하하, 덥긴 덥네. 드디어 진짜 한여름 더위가 시작 되나봐."

그녀의 모습도 오늘의 뜨거운 태양처럼 밝았다.

"매년 여름이 이렇게 더웠나?"

"정말이지! 벌써 이러면 8월에는 어떻게 되려나? 말랑 말랑한 나는 녹아버릴지도 모른다고."

"네가 버터도 아니고 그렇게 녹을 리가."

자칫 무안해질 수도 있는 말을 내뱉어도 그녀는 화를 내기는커녕 즐거운 듯이 크게 웃었다.

"나는 너란 빵에 바르기 위한 버터야."

그렇게 대화를 주고받다 보니 어느덧 목적지에 도착 했다.

이곳에서 가장 유명한 레저 시설이었다. 그리고 나는 이미 지칠 대로 지쳐 있었다.

"맞다, 나 이 다음에 일정이 있었던 것 같아."

"무슨 소리야, 돌려보내줄 것 같아?"

"…나 이렇게 사람 많은 장소는 별로 안 좋아해."

"분명히 재밌을 거야!"

"아니, 나는 안 좋아한다고…….."

"그래도 재밌을 거라니까!"

내 의견 따윈 추호도 들어줄 생각이 없어 보이는 그녀의 모습에 포기하고 시설에 발을 들여놓았다. 지하로 이어지는 에스컬레이터를 타고 내려가니 시원한 공기가 느껴져 불만 가득했던 마음이 조금 누그러졌다.

나는 이 시설에서 유명한 수족관에라도 가서 촬영하는 줄 알았다. 하지만 그녀가 데리고 간 곳은 아무리 봐도 촬영 같은 건 할 수 없을 듯한 천체투영관이었다. 천문 동아리 회원인 그녀다운 장소이기는 했지만, 나랑 둘이서 올 곳은 아니었다. 우리는 사진작가와 모델의 관계니까 말이다.

"내가 좋아하는 장소야."

"하지만 사진 촬영을 할 수 있는 환경은 아닌데…?"

"본격적으로 촬영에 들어가기 전에 먼저 너의 인간성을 알아야 해. 정말 촬영을 맡길 수 있을지 없을지 말이야. 나는 상대의 인간성을 확인해보고 싶을 때 여기로 오거든.”

“천체투영관이랑 인간성이 무슨 상관이 있어?”

“우선 별이 빛나는 인공적인 하늘을 즐겨보자고.”

“…….”

“자, 시작한다.”

그녀의 속삭임과 동시에 주위는 고요해졌다. 조명이 어두워지며 유일하게 느낄 수 있는 건 옆에 있는 그녀의 숨결뿐이었다. 기분 좋은 시트러스 향이 코를 간지럽혔다. 잠시 후 천장 한 면에 여름 별자리가 떠 있는 밤하늘이 떠올랐다.

교실에서는 언제나 웃음 가득한 그녀였지만, 지금은 차분하고 진지하게 천장에 떠오른 밤하늘을 바라보고 있었다. 분명 그녀는 이런 조용한 장소에서도 떠들썩하게 웃고 떠들 것 같았는데 조금 의외였다.

이어서 녹음된 남성 해설사의 목소리가 들렸다. 그는 차분한 목소리로 별자리를 하나하나 설명해주었다. 초보인 내가 들어도 정말 흥미로웠다. 그리고 빛이 강한 일등성은 너무 예뻐서 일등성이 중심인 별자리는 사진으로 한번 담아보고 싶어졌다. 지금까지 찍어본 적은 없지만, 밤하늘을 촬영하는 것도 보람이 있을 것 같았다.

45분짜리 체험이 순식간에 끝났다. 옆에 있는 그녀의 존재를 잊어버릴 만큼 빠져들었다. 천체에 대해서 잘 모르기도 하고, 어둡고 조용해서 혹시나 졸지 않을까 걱정했는데 괜한 걱정이었던 것 같다.

"와, 벌써 끝났네."

"응."

기지개를 켜고 있는 그녀를 곁눈질하며 나는 조금 전의 밤하늘을 떠올렸다. 여름의 대삼각형에 관한 설명부터 시작해 붉게 빛나는 전갈자리, 처녀자리 별 중 가장 밝은 스피카, 그 주변의 별들까지. 가상의 하늘이었지만 별과 별이 연결되어 하나의 별자리가 되는 것을 보니 굉장히 멋있다는 생각이 들었다.

영화를 보고 난 후의 느낌과 비슷했다. 하지만 영화처럼 구체적인 소감을 말하기 어려웠고, 그저 '좋았다.'라는 말밖에 떠오르지 않았다.

"어땠어? 천체투영관."

"좋았어."

정말 그 한 마디밖에 떠오르지 않아서 그렇게 대답하기는 했지만, 그녀가 좋아하는 곳인데 대충 대답한 것으로 보일까봐 걱정했다. 하지만 그녀는 만족한 듯 웃고 있었다.

"나도 좋았어."

"따라 하지 말아줄래?"

"아니야, 네가 좋았다고 얘기해주니 나도 좋아. 게다가 네가 이 빛나는 밤하늘을 보고 멋있다고 생각할 줄 아는 사람이어서, 나와 같은 생각을 하는 사람이어서 다행이라고 생각하고."

그녀는 안도의 미소를 보였다.

"같은 생각을 하는 사람?"

"응. 나는 내 위주로 생각하니까. 나는……."

"아, 자각은 있구나."

"조용히 해. 내가 얘기하는 중이니까 말 끊지 말라고?"

그녀는 순간 불쾌한 표정을 지었다.

"뭐 아무튼, 나는 내가 좋아하는 걸 좋아해주는 사람하고만 사이좋게 지낼 수 있어."

그 마음은 알 것 같다. 나도 루이에게 카메라 활용법을 가르쳐준 적이 있었으니까 말이다.

"하지만 만약 아마노 군이 천체투영관에 관심이 없다고 했으면 나는 여기에 몇 번이고 데려왔을 거야. 네가 천체투영관을 좋아할 때까지 말이야."

"정말 이기적이구나?"

"그래, 나 이기적이다! 그러니 영상 나오는 동안 잠이나 잘걸, 이라고 생각해도 소용없어."

"처음부터 선택지가 없었구나."

"그래, 네가 내 사진을 찍어주는 건 이미 정해져 있는 거야."

"대단하십니다. 하지만 천체투영관으로 인간성을 알아본다는 게 어떤 의미인지는 알 것 같아."

"오호, 넌 수석 합격이야! 관심 없는 사람은 곧장 자버렸을걸?"

뿌듯한 얼굴로 활짝 웃어 보이는 그녀의 미소에 반발심이 들기도 했지만 이 체험이 좋았던 건 사실이었다.

"사진을 찍는 사람으로서 솔직히 천체투영관은 관심 없었어. 여기는 자연이 아니라 가상의 하늘을 보는 공간이니까. 하지만 별자리 설명을 들으면서 보니 의외로 재미있더라."

"그렇구나, 그치."

그녀는 만족스럽다는 듯이 몇 번이나 고개를 끄덕였다.

"그럼 한 가지 더 흥미로울 만한 걸 가르쳐줄게."

"뭔데?"

"나는 베가야. 여름의 대삼각형 중 하나인 그 베가 말이야."

"무슨 소리야?"

자기를 별이라 하다니, 꽤 거창한 비유였다.

"그러고 보니 저번에 별이 웃는다고 했었지? 너 자신이 별이니까 알 수 있었던 거야?"

놀리듯 내가 말하자 그녀는 살짝 웃었다.

"별이 될 수 있으면 좋겠지만 그건 아니고. 음, 내 별이라고 해야 하나?"

그녀는 살짝 망설이다 말을 이어갔다.

"탄생석 알지? 달마다 정해져 있는 보석 같은 거 말이야. 별도 그런 게 있어. 1년 365일 전부 다른 탄생성이 있다는 게 다르지만. 아무튼 저 별은 베가고, 별말은 '마음이 온화한 낙천가'야. 나랑 닮았지? 나를 상징하는 별이 베가야."

베가는 별 중에서도 가장 밝은 일등성 중 하나였다. 상당히 오만한 말투로 들렸지만, 말하는 그녀의 옆모습은 조금 쓸쓸해 보였다.

"자신을 상징하는 별이 베가라니, 자신감이 넘치네. 아니면 겸손함이 없는 건가?"

항상 사람들에게 둘러싸여 있는 그녀는, 너무 밝아 주위

다른 별들의 빛을 볼 수 없게 만드는 일등성 같기는 했다.

"맞아, 겸손함은 없지. 내가 가진 장점이라곤 잘 웃는 것뿐이니까."

그것만이 그녀의 장점인 건 아니겠지만 아직 나는 그녀의 다른 면을 칭찬할 수 있을 만큼 그녀에 대해 잘 알지는 못했다.

"그건 그렇고 베가가 일등성인 걸 알고 있네. 혹시 나한테 관심이 있던 거야?"

"아니. 아까 베가에 대해서도 들었으니까."

"거기선 그렇게 정색할 게 아니라 농담이라도 그렇다고 해주는 거야. 사회생활이란 게 그런 거란다."

"그렇게까지 해야 하면 나는 사회생활 같은 거 별로 안 하고 싶어. 그건 그렇고, 너를 상징하는 별이 베가라는 게 혹시⋯⋯."

"무슨 소리야?"

"네가 직녀라고 말하고 싶은 거야?"

"어떻게 알았지?"

"그것도 아까 해설에서 들었어. 일단 내가 미리 충고해두자면 다른 사람 앞에서 그런 말은 하지 않는 게 좋을 것 같아."

만약 스스로 "나는 직녀야."라고 말하는 사람이 있다면, 듣는 사람은 그 사람을 이상한 사람이라고 생각할 게 뻔했다.

"왜? 주변에 자주 말하고 다녀서 나를 직녀라고 불러주는 친구도 있어."

아무렇지도 않은 얼굴로 그녀가 말했다. 옥상으로 불려갔을 때부터 어렴풋이 느끼기는 했지만, 난 그녀에 대해 너무 모르는 것 같다.

"알았어. 너 자의식과잉 맞네."

"그렇게 말하다니 너무해. 나를 직녀라고 불러달라고 한 것도 아닌데 말이야. 내 이름은 아야베 카오리야. 아야'베 카'오리. 베가랑 비슷하지? 나머지는 아까도 말했지만 탄생성의 별말이 나랑 닮기도 했고 말이야."

"무리하게 의미 부여 하는 것 같지만 그래도 베가와 인연이 있다는 건 알겠어."

"뭐 아직 견우는 만나지 못했지만 말이야."

그녀가 일어나 출구로 향했다. 다른 손님들은 대부분 나간 뒤였다.

"그렇구나. 꼭 만났으면 좋겠네."

나는 이런 이야기를 하는 게 생소하고 낯설어서 대충

맞장구만 쳐주었다.

"뭐야, 좀 더 재밌게 들어주고 진심으로 대답해주면 좋 잖아."

"나랑은 별로 관계없는 이야기잖아."

"그건 모르는 일이다? 너랑 관계가 있을 수도 있지."

"…무슨 말이야?"

"음, 아무것도 아니야."

때때로 그녀의 속내를 읽을 수가 없다. 하지만 그녀의 사진작가가 되어 사진을 찍으려면, 그런 속내까지 이해하지 않으면 안 될 것 같다는 생각을 했다.

"그러고 보니 사진을 아직 안 찍었네."

본래의 목적을 떠올렸다. 천체투영관에 빠져 있던 탓에 완전히 잊고 있었다.

가방 안을 들여다보니 거기에는 오늘 한 번도 사용하지 않은 카메라가 들어 있었다. 가방 바닥에 외로이 놓여 있는 카메라는 마치 셔터를 눌러주기를 기다리고 있는 것 같았다.

"오늘은 됐어. 촬영은 다음에 하자. 그것보다 이제 저녁 먹으러 가자고!"

그녀는 우리가 어떤 관계인지 까먹은 걸까. 오늘 우리

는 데이트하러 온 것이 아니다.

하지만 그런 생각은 무의미했다. 어차피 모델이 촬영할 생각이 없다면 카메라는 잡을 수 없다. 오늘은 말 그대로 상견례라고 생각하기로 했다.

"자꾸 거절해서 미안한데, 오늘은 저녁에 약속이 있어."

점심도 거르게 해서 거절하기 어려웠지만 오늘 저녁 식사는 함께할 수 없다. 나는 엄마와 둘이서 살고 있어서 돌아가면서 식사 당번을 하고 있는데 오늘은 내 차례였다. 될 수 있으면 일찍 집에 가서 저녁 준비를 해야 했다.

"에이, 기대했는데 아쉽다."

"미안, 오늘은 꼭 일찍 돌아가야 해."

"어쩔 수 없지."

그녀치고는 포기가 빨라 다행이었다. 우리는 학교와 가장 가까운 역에서 헤어졌다.

다음에 같이 점심을 먹자는 약속을 하게 되었지만, 이걸로 그녀가 이해해준다면 다행이라고 생각했다.

교통카드에 충전한 금액을 모두 쓸 것이라고 그녀는 말했는데, 과연 어디까지 갈 생각일까. 아니, 나는 어디까지 끌려가고 마는 걸까.

그런데 신기하게도 그것도 나쁘지 않다고 생각했다.

별에 대해 얘기할 때 보이는 애틋한 눈동자, 삐지면 부풀어 오르는 볼. 휙휙 바뀌는 그녀의 표정을 하나하나 찍는 건 분명 재밌을 것 같았다.

그리고 무엇보다 그날 불꽃놀이에서 본 그녀의 모습을 다음에야말로 사진에 담고 싶다고 생각했다. 그때보다 더 간절히 말이다.

*

"엄마, 저녁 준비 다 됐어요."

"고마워."

내가 저녁을 다 만들었을 무렵, 엄마는 투병 생활을 다룬 다큐멘터리를 보며 금방이라도 눈물을 흘릴 것 같았다. 엄마는 간호사면서 이런 난치병 영상에 약했다.

식탁에 앉은 엄마는 보던 프로그램에 영향을 받아서인지 문득 아빠 이야기를 꺼냈다.

"네 아빠가 돌아가신 지 벌써 4년이 다 되어가네."

아빠는 내가 중학교 1학년 때 돌아가셨다. 그리고 엄마는 매년 이맘때가 되면 옛 추억에 잠기시곤 했다.

"그렇네요."

"올 기일에 테루히코는 성묘 갔다가 그 뒤엔 뭐 할 거니?"

"슬퍼하는 엄마 곁에 있어 드리려고요."

"테루히코~!"

엄마가 눈물을 흘리며 식탁을 사이에 두고 나를 껴안으려 했다. 이런 모습을 본 이상 나는 다음 주 토요일, 7월 20일은 엄마와 함께 있어줄 수밖에 없다.

"엄마, 그만 눈물 콧물 닦으세요. 밥에 떨어질 것 같아요."

"아, 미안."

눈물범벅이 된 얼굴을 닦고 있는 엄마에게 나는 전부터 궁금하게 생각했던 것을 물었다.

"이렇게 말해도 될지 모르겠지만 간호사는 보통 사람보다는 죽음에 더 익숙할 줄 알았거든요. 그래서 이런 다큐멘터리에 강할 거라 생각했는데 엄마는 오히려 더 약한 것 같아요."

나는 TV로 눈을 돌리며 말했다.

"뭐랄까, 이거랑 그건 다르다고 할까? 실제로 남겨진 가족이 힘들어하는 모습을 보고 있으면 울 수 없어. 우리가 함께 운다고 가족들을 위로할 수 있지는 않거든. 하지만 이런 건 아무래도 편집을 거쳐서 나오는 거니까 좋든 나쁘든 실제보다 감동적이야."

펑펑 울던 엄마가 갑자기 진지한 목소리로 말했다.

"그리고 어릴 때부터 투병 생활하는 환자를 보면 아무래도 좀 더 안타까운 마음이 들지."

집에서는 일에 관해 자주 이야기하지 않는 엄마의 말에 나도 고개를 끄덕였다.

아프면 무언가를 하는 데 제한이 생기고, 추억할 기억도 그만큼 줄어들게 된다. 그건 너무 불운한 일인 것 같았다.

문득 그녀를 떠올렸다. 만약 그녀가 이런 병을 앓고 있다면 의사가 정한 범위 내에서만 자유가 주어지는 생활이 답답해서 견딜 수 없을 것이다. 그래서 의사의 말 따위는 가볍게 무시하고 제멋대로 할 것 같았다.

'에이, 아무리 그래도 아플 때는 의사 말을 잘 듣겠지.'

이런 생각을 해보지만 비좁은 병실에서 참을 수 없다는 듯 떠드는 그녀의 모습을 쉽게 상상할 수 있었다.

오늘은 사진을 찍지 못했지만, 앞으로는 셔터를 누르는 횟수가 늘어날 것이다.

인물 사진도 종류는 많다. 패션모델이 돋보이도록 화려하게 찍은 사진이나 예술적 감각을 발휘해야 하는 사진, 그리고 투병 생활을 있는 그대로 담은 사진 등 그 종류가 다양하다.

아빠는 카메라를 들고 엄마가 근무하는 병원을 자주

찾았고, 종종 환자의 허락을 받고 촬영을 하셨다. 그 무렵 아빠가 무슨 생각을 하며 셔터를 눌렀는지는 모르겠다. 다만 한 가지 말할 수 있는 건 아빠는 멋진 사진작가였다는 것이다.

아빠가 찍은 사진 속 인물들은 모두 미소를 짓고 있었다. 누가 어떤 곳에서 어떻게 찍힌 사진이든 상관없이 나는 아빠의 사진이 너무 좋았다. 그리고 아빠를 닮고 싶었다.

나는 아빠가 돌아가신 후에 그 카메라를 물려받았고, 그런 아빠의 영향을 받아 지금도 사진을 찍고 있는지도 모르겠다.

'사진을 찍는 의미라⋯⋯.'

그날 밤, 사람을 찍는 의미에 대해 조금 생각해보았다.

하지만 인물 사진만 찍던 아빠와는 대조적으로 나는 인물 사진을 찍은 적이 거의 없었다. 그 이유는 단순했다. 훌륭한 사진작가였던 아빠와 같이 인물 사진을 멋지게 찍을 수 있으리라는 자신감이 조금도 없었기 때문이다.

내 기량을 시험해볼 기회라고 스스로 타이르며 그녀의 사진작가가 되긴 했지만 여전히 자신은 없었다. 나는 그녀의 장점을 끌어낼 수 있을까. 그녀의 멋진 사진작가가 될 수 있을까.

제2장

"아야베 카오리는 어떤 사람인 것 같아?"

방과 후, 동아리방까지 나를 따라온 루이에게 무심코 물었다. 루이라면 그녀에 대해 알고 있을 것 같아서 물어본 것이었다.

"희한하네, 테루히코가 다른 사람에게 흥미를 느끼다니."

"흥미를 느낄 수밖에 없게 되었달까…? 그럴 만한 사정이 있어."

"아야베 카오리라… 하늘 위 별 같다고 해야 하나."

그 대답에 조금 놀랐다. 루이는 막힘없이 그렇게 그녀

를 표현했다. 바로 그녀와 별을 연관 짓는 것을 보아 내가 생각했던 것보다 그녀에 대해 더 자세히 알고 있을지도 모른다고 생각했다. 그녀가 천문 동아리인 걸 알고 하는 말일까.

"별 같다고?"

"응. 끝없이 펼쳐진 밤하늘 속, 수많은 별 중 하나. 작지만 확실히 반짝이는 별. 아야베는 그런 사람이지."

"그 정돈가?"

"어쨌든 아야베는 재미있는 녀석이야."

루이는 초등학생 때부터 친구였고, 나를 온전히 이해해주는 몇 안 되는 사람이었다. 아빠가 돌아가셨을 때는 매일같이 우리 집에 찾아와 방에만 틀어박혀 있던 나를 격려해주었다. 루이가 없었다면 나는 다시 일어서지 못했을지도 모른다. 그래서 루이의 말은 언제나 내게 큰 영향을 주었다.

게다가 루이는 반 친구들 사이에서도 신뢰가 두터웠고, 남녀 불문하고 그를 좋아했다.

인기가 많은 것과 별개로 자신은 연애에 관심이 없다고 확실히 선을 그었던 루이가 그녀에 관해 이야기할 때는 특별한 상대를 대하는 듯한 표정을 짓고 있어서 내게는 뜻밖이었다.

"왜 그렇게 생각해?"

"어? 고등학교 입학식 때 일이 좀 있었거든."

"아, 그때? 너 그때 다쳤었지? 입학식에 늦게 온 건 기억나."

"입학하자마자 눈에 띄게 되어버렸다고."라며 우울해하던 루이를 확실히 기억하고 있다. 그리고 그때 또 다른 지각생이 있었던 것도.

"그때 같이 지각한 사람이…?"

"맞아, 아야베가 응급처치를 해줬어."

"그랬구나."

"응급처치를 해주면서 '입학식에 혼자 지각하면 엄청 부끄러울 테니까 나도 같이 지각해줄게!'라고 말하더라고. 순간 아픈 것도 잊고 실컷 웃었네."

항상 냉정하고 침착한 루이가 이렇게 즐겁게 이야기하는 모습은 처음 보았다.

"다친 사람을 발견했을 때 주저 없이 바로 도와주는 사람은 드물어. 근데 아야베는 망설임 없이 도와주었고. 그 녀석은 그런 녀석이야."

루이의 표정은 지금까지 본 적이 없는 얼굴이었다. 아

무리 둔한 나도 그의 감정이 어떤 것인지는 알 것 같았다.

"루이, 너는 카오리를⋯⋯."

그러나 타이밍이 안 좋다고 해야 할지, 양반은 못 된다고 해야 할지 때마침 그녀가 나타났다.

"안녕, 좋은 아침이야!"

셔터 누르는 소리만 간간이 날 뿐인 사진 동아리방에 갑자기 밝은 목소리가 울려 퍼졌다.

나를 제외한 모두가 목소리가 나는 쪽으로 돌아보았다. 나는 그게 누군지 짐작이 갔기 때문에 뒤돌아보지 않은 채 대답했다.

"⋯너는 수업 시간에 잤으니까 좋은 아침이라는 인사가 적절할지도 모르지만, 유감스럽게도 벌써 저녁이야."

내가 수업 중에 그녀를 쭉 지켜봤던 건 아니었다. 그저 칠판을 보고 있다가 가끔씩 그녀가 보인 것뿐이다. 그리고 평소에 어땠는지는 잘 모르지만, 오늘 일본사 수업 때는 졸고 있었다. 꾸벅꾸벅 졸던 그녀는 선생님에게 핀잔을 들었고 모두의 웃음거리가 되었다.

"칫. 좋은 아침이라는 말은 말이야. 그날 처음 만난 상대에게 하는 인사말이야. 아침에만 하는 인사가 아니라고. 게다가 오늘은 졸려서 어쩔 수 없었단 말이야."

검지를 세우고 당당하게 이야기하는 모습이 썩 마음에 들지는 않았지만, 일단 조용히 있기로 했다. 그녀는 웃는 얼굴로 다가왔다. 그러고는 나의 의중과는 상관없이 내 팔을 붙잡았다.

"좋아, 갈까?"

그녀는 옆에 있는 루이는 별 신경을 쓰지 않고 나를 동아리방 밖으로 데리고 나갔다.

"어디로?"

"어디긴, 촬영하러 가야지."

그녀는 정말 제멋대로 굴었다. 그녀에게 이끌려 나가며 본, 곤혹스러우면서 멍한 표정으로 배웅하는 루이의 표정이 유난히 강하게 기억에 남았다.

*

그녀에게 이끌려 온 곳은 옥상이었다. 벌써 밤의 장막이 내리기 시작해 석양이 그녀를 주황색으로 물들이고 있었다.

"저기, 있잖아……."

"응? 왜?"

서둘러 셔터를 눌렀다. 그녀는 빛났다. 또래 여자아이

보다 조금 더 큰 키가 그렇게 보이도록 만드는 것일까. 그녀의 등 뒤로 보이는 석양도 더욱 극적인 배경을 연출하고 있었다.

역시 인물 사진에는 서툴렀지만, 보람은 있었다.

"이제 와서 할 말은 아니지만 모델이라니, 뭔가 부끄러워!"

그녀의 얼굴이 붉어진 것은 석양 탓만은 아니었던 것 같다.

"뭘 이제 와서. 그건 그렇고 너도 부끄러움을 느끼는구나. 뭔가 안심이네."

"나도 부끄럼 타! 나를 뭐라고 생각하는 거야, 정말!"

대화하면서도 나는 셔터를 눌렀다. 허리에 손을 얹고 항의하는 그녀의 뾰로통한 표정이 생생하게 찍혔다.

"너는 표정이 세 가지 색깔 같아."

"무슨 말이야?"

"웃고 기뻐하고 또 웃으니까."

"그럼 두 가지 색이잖아! 웃기만 해서 바보 같기도 하고!"

"사실이 그런데 어쩔 수 없지."

"흥, 그게 뭐야."

"그럼 그 뾰로통한 표정까지 포함해서 삼색이네."

그렇다. 그녀에게는 네 번째 색깔이 없다. 희로애락 중 '애'가 거의 보이지 않는다. 그렇다면 그녀가 가끔 보이는 애틋한 표정은 어디서 나오는 걸까.

"제대로 찍은 거야?"

"안심해. 처음치고는 나름대로 잘 나온 것 같아."

"정말?"

"응, 석양이 멋진 분위기를 만들어준 것 같아. 치트키라고 할까."

"기뻐해야 할지 잘 모르겠네. 뭐 사진은 앞으로도 찍을 거니까 괜찮아. 현상된 사진 기대할게!"

그 자리에서 화면으로 확인하는 것과 현상된 사진을 볼 때의 느낌이 다르다는 것을 그녀는 알고 있는 것 같았다.

그녀가 끌고 오기 전까지는 와본 적이 없었지만, 학교 옥상은 의외로 아늑한 곳이었다. 근처에는 학교보다 높은 건물이 없어서 바람도 잘 통하고 전망도 좋았다. 촬영 장소로 안성맞춤이었다.

나는 다시 파인더를 들여다보고 그녀의 모습을 사진에 담았다. 조용한 옥상에 셔터 소리만 작게 울렸다.

"그렇게 말도 없이 사진만 찍지 마."

"…그러면 어떻게 해야 해?"

"뭔가 그런 거 있잖아. 사진작가답게 포즈 지시를 한다든가, 어색한 분위기를 풀어본다든가, 즐거운 이야기를 꺼내본다든가 그런 거 없어?"

"나한테 그런 걸 기대하는 거야?"

"아하하, 그것도 그런가. 테루히코는 교실에서도 거의 말이 없으니까."

"아, 너한테 물어보고 싶은 게 하나 있어."

"뭔데?"

"다른 사진작가를 구할 생각은 없어?"

"그럼. 넌 내 천체투영관 시험에도 합격했으니까."

"나보다 사진을 잘 찍는 사람, 나보다 너의 매력을 잘 아는 사람도 많은데, 그런 사람한테 부탁하는 게 좋지 않을까 싶어서. 예를 들면 루이처럼 친구들을 잘 챙겨주는 사람 말이야."

"갑자기 루이는 왜 나와?"

"…글쎄, 그냥 루이가 너를 신경 쓰는 것 같았거든."

"그런 건 상관없어. 내가 지목한 사람은 너니까."

"그렇구나."

그녀의 낮게 깔린 목소리에 고개를 들어 얼굴을 보았

지만, 날이 어두워져 어떤 표정을 짓고 있는지 잘 보이지 않았다.

그때 그녀가 갑자기 소리치며 말했다.

"좋아, 쇼핑하러 간다!"

"그렇구나, 잘 다녀와."

그녀의 엉뚱한 말에 나도 조금 익숙해져서 반사적으로 받아칠 말을 하게 되었다.

"너도 같이 갈 거야!"

"나 오늘 동아리 활동 끝나고 아르바이트 있는데…?"

그녀가 근처에 갈만한 쇼핑몰을 휴대폰으로 찾아보는 것 같았지만 나는 아르바이트를 하러 갈 준비를 했다. 아무리 내가 잘 거절하지 못하는 타입이라고 해도 아르바이트에 지각해서 폐를 끼칠 수는 없었다.

"응…? 아르바이트?"

"그래, 아르바이트."

"너 생각보다는 능동적이구나. 학교 끝나면 바로 집으로 돌아가는 스타일이라고 생각했거든. 그래서 동아리 활동을 한다는 것도 의외였는데."

"뭐, 네 말이 무슨 뜻인지 이해하지만 카메라 부품은 꽤 비싸. 아르바이트를 하지 않으면 동아리 활동하기도 어려워."

"그렇구나. 어쩐지, 될 수 있으면 카메라는 나한테서 멀리 떨어트려 놓는 것 같더라니! 비싼 부품을 쓰고 있었구나? 그래서 무슨 아르바이트인데?"

"피자 배달 아르바이트야."

"오토바이로 하는 거지? 너 운전할 줄 알아?"

"그렇겠지."

조금 흥분한 듯한 그녀는 아까부터 엉거주춤한 자세로 자신의 무릎 주변을 두드리고 있었다. 혹시 '피자'와 무릎을 '펴자'를 연결 지어 말하려는 것일까. 그런 유치한 농담은 요즘 유치원생도 하지 않을 것 같다.

"굉장히 남의 일처럼 말하네. 하지만 오토바이를 운전할 수 있다니, 내가 생각했던 것보다 너는 어른이었구나."

"사진을 찍으러 멀리 나갈 때 오토바이가 있으면 편해서."

그녀는 아직도 무릎을 통통 치고 있었다.

"좋겠네. 테루히코! 근데 왜 무릎을 굽히고 있냐고 안 물어봐?"

"무슨 말이야?"

"어휴, 너란 녀석은 정말⋯ 코미디 방송 같은 건 전혀 안 보는구나?"

"설마, '피자'랑 무릎을 '펴자'를 연관 지으려는 생각은
아니지? 제발……."

"뭐야, 알고 있었잖아!"

결국, '아르바이트 하러 가기 전까지만'이라는 전제 하
에 함께 쇼핑하기로 했다. 그녀는 오늘, 그 어느 때보다
억지스러웠다.

그녀는 불과 한 시간도 안 되는 시간 동안 내가 한 달
은 아르바이트를 해야 벌 수 있는 돈을 쇼핑하는 데 써버
렸다. 하굣길에 잠깐 가게에 들러서 쓸 수 있는 액수는 아
니었다. 얼마 전 내게 준 교통카드에 충전된 금액도 그렇
고, 혹시 그녀는 부잣집 딸이 아닐까.

"응? 우리 집? 그냥 평범해. 아빠는 공무원이고 엄마는
파트타임으로 일하셔. 그리고 집 밖으로 나도는 대학생
오빠까지, 이렇게 네 식구."

"그럼 어떻게 옷에 그렇게 많은 돈을 쓸 수 있어? 고민
끝에 사는 거면 몰라도 오늘 너는 보이는 대로 큰 고민 없
이 사는 느낌이었어. 심지어 남성복까지 샀고. 그 금전 감
각은 고쳐야 할 것 같아."

내가 그렇게 말했음에도 불구하고 그녀는 음식점에 들

어가자마자 점원을 불러 호탕하게 주문하기 시작했다.

"이거랑 그리고 이것도 부탁드려요!"

"내 말을 듣기는 하는 거야?"

아르바이트까지는 아직 시간이 있었기 때문에, 그녀의 제안에 따라 우리는 함께 저녁 식사를 하기로 했다. 천체투영관에 갔던 날 저녁을 같이 먹자는 걸 거절했던 게 마음에 걸려 따라왔지만, 주문하는 그녀의 호탕함엔 할 말을 잃었다.

"오늘 좀 많이 산 것 같기는 하네. 그래도 촬영할 때 입을 의상이니까 괜찮아. 남성복도 앞으로 필요해서 산 거야. 오히려 안 샀으면 후회했을걸? 게다가 고민하는 건 인생 낭비야. TV에서 심리학 교수님도 말했었다지? 너는 이런 나의 결단력을 본받으라고."

"…저도 같은 거로 주세요."

메뉴를 제대로 보지 못했지만, 점원을 호출해놓고 오래 기다리게 하는 것도 죄송스러워서 나는 그냥 그녀와 같은 것을 주문했다.

"한마디 하자면 내가 우유부단한 게 아니라 너의 결정이 너무 빠를 뿐이야. 그리고 나는 아직 메뉴판을 보지도 않았는데 점원부터 부르다니. 혹시 친구들 앞에서도 그래? 그렇다면 그런 건 하지 않는 게 좋아. 모처럼의 식사인데 그 친구가 곤란할 수도 있잖아."

"확실히 모두 처음에는 당황하지만 익숙해지면 문제없다고 할까, 나보다 먼저 결정하는 사람도 있거든."

"그리고 어디서 먹어야 할지도 같이 고민해서 고르자고."

그녀는 망설임 없이 대형 쇼핑몰 꼭대기 층 레스토랑을 택했다. 이 식당가는 가족 단위 고객을 타깃으로 하고 있어서 고등학생들이 감당하기 어려운 가격대였다. 게다가 그녀는 그중에서도 비교적 비싼 양식 레스토랑에 들어왔다. 역시 나와는 금전 감각이 맞지 않았다.

"내 좌우명은 '해보지도 않고 후회하지 말고 해보고 후회하자.'거든. 그래서 사고 싶은 건 사고, 가고 싶은 데는 가는 거고. 마음대로 행동하기로 했어. 괜찮아, 적어도 금전적인 면에서 너에게 폐를 끼치지는 않을 테니까. 앞으로도 같이 와줘."

"네가 하고 싶은 말은 알겠어. 좌우명도 훌륭해. 하지만 우리는 아직 고등학생이니까 학생의 신분에 맞는 곳이 좋지 않을까. 이런 곳은 사회인이 되고 나서 여유가 생겼을 때 오는 게 좋지 않을까?"

"너는 꽤 진지한 타입이구나! 나는 지금 현재가 제일

중요하다고 생각해. 미래를 생각해서 대비하는 것도 좋은 일이지만, 그 미래를 만드는 것은 지금의 나니까. 하고 싶은 일은 할 거야. 그런 경험은 지금밖에 할 수 없으니까. 분명 둘도 없는 경험이 될 거야. 지금을 즐기며 살 수 없다면 분명 미래에도 즐기며 살 수 없을 거니까!"

그녀가 나를 똑바로 보고 진지하게 말했다. 콧김을 거칠게 내뱉으며 진지하게 말하는 모습이 재미있었다. 미래를 만드는 것은 지금의 나인가. 그녀는 그렇게 생각하고 지금을 사는 걸까. 안정적인 걸 추구하는 나와는 대조적이었다. 리스크는 전혀 고려하지 않는, 저돌적이라고 표현할 수 있는 사고방식.

하지만 정말 최선을 다해 살고 있고, 옆에서 보았을 때도 그 진심이 느껴지기 때문에 그녀가 인기 있는 건지도 모른다. 철없다고만 생각했던 그녀의 모습이 조금은 다시 보였다.

"너는 좌우명이 있어?"

나는 딱히 좌우명이라고 할 만한 게 없었다. 그러나 나 같은 인간에게 딱 맞는 말은 한 가지 알고 있었다.

"좌우명이라… 굳이 말한다면 '인간만사 새옹지마'일까."

"그게 뭐야! 인간 뭐라고?"

"중국의 어떤 이야기에서 나온 말이야."

"무슨 이야기인데?"

"재미없을 수도 있는데…….."

"네가 하는 이야기를 길게 들을 몇 없는 기회이기도 하고, 나는 무슨 얘기든지 들을 준비가 되어 있다고."

그녀는 진심으로 즐거운 듯이 내 말을 기다리고 있었다. 하루하루 뭐가 그리 즐겁고 신이 날까. 그녀와 나는 일상의 풍경을 보는 방식이 완전히 다른 것 같았다. 나는 크게 숨을 들이켰다가 내쉬고 '인간만사 새옹지마'가 유래된 이야기를 시작했다.

"옛날 중국 어느 마을에 노인과 그의 아들이 살고 있었어."

"전래동화 같은 시작이네."

"어느 날 그 노인이 기르던 말이 유목민족의 땅으로 도망쳐버린 거야. 소중히 여기던 말이었기 때문에 주위 사람들은 할아버지 매우 슬퍼할 거라 생각했지. 하지만 정작 노인은 쾌활하게 웃었대."

"어? 나는 옛날에 키우던 강아지가 죽었을 때의 일, 지금도 생각만 하면 눈물이 나는데…….. 비정한 할아버지로구먼!"

그녀는 매번 크게 호응했다. 어떤 하찮은 일이라도 재밌게 들어줄 것 같은 기분마저 들었다.

"노인은 이렇게 생각했대. 말이 달아난 게 좋은 일로 이어질지도 모른다고 말이야."

"굉장히 긍정적이네."

그녀가 진지한 얼굴로 고개를 끄덕였다. '너도 긍정적인 거로는 지지 않잖아.'라고 생각했지만 굳이 입 밖으로 꺼내지는 않았다.

"몇 달 뒤에 도망갔던 말이 다른 말을 데리고 집으로 돌아왔대. 그런데 노인은 이번에는 이게 불행의 씨앗이 될지도 모른다고 생각했다더라. 그리고 노인의 아들이 그 말에서 떨어져 다리가 부러지고 말았고."

"일진일퇴*네."

그녀가 묘한 표정으로 말했다.

"하지만 노인은 자기 아들이 큰 부상을 당한 게 행운일지도 모른다고 했대."

"…거기까지 가면 전부 할아버지가 판을 짜고 있다는

---

* 一進一退. 한 번 나아가고 한 번 물러난다는 뜻으로, 일정한 형세가 유지되는 것이 아니라 상황이 좋아졌다가 나빠지길 반복되는 것을 말한다.

생각이 드는데? 그래서 다음엔 무슨 일이 일어나?"

"그런 생각은 한 번도 해본 적이 없는데… 아무튼 그러고 나서 노인과 아들이 살던 성에 적이 쳐들어왔는데, 그게 큰 전쟁으로 이어져 마을의 젊은이들이 대부분 전사하고 말았대."

"아, 알겠다! 할아버지 아들은 다쳤으니 전쟁에 나가지 않고 무사히 살아남았구나!"

"응, 맞아."

"하지만 그게 또 불행으로 이어지겠지?"

"…아니, 이야기는 여기까지야. 이게 '인간만사 새옹지마'란 말의 어원이야. 인생은 무슨 일이 일어날지 모르기 때문에 일희일비*하지 말라는 교훈이 담겨 있지. 그러니까 가령 남의 말을 듣지 않는 누군가에게 휘둘리거나 몰래 사진을 찍었다고 의심받는 것도 행운으로 이어질 수도 있다는 거지."

"그건 어느 누구의 이야기?"

뻔히 누구의 이야기인 줄 알면서도 능글맞은 얼굴로 그녀가 물었다. 나도 거기에 맞춰서 "글쎄…?" 하고 어깨

---

* 一喜一悲, 기쁨과 슬픔이 번갈아 일어남. 한편으로는 기쁘고 한편으로는 슬픔.

를 움츠렸다.

"아무튼, 나는 여유를 갖고 살고 싶어. 내 페이스대로."

"호호호, 너답다."

"너와는 정반대야."

"그렇지."

"하지만 너는 그것조차 재밌다고 생각하고 있잖아."

"호호호, 조금씩 나를 알아가는구나."

나와 그녀의 사고가 그야말로 정반대이기 때문에 오히려 내 생각과 정반대로 생각하기만 하면 지금처럼 그녀의 생각을 정확하게 예상할 수 있을지도.

"오래 기다리셨습니다."

"와! 맛있겠다!"

직원이 우리의 대화를 듣고 있었나 의심이 들 정도로 타이밍 좋게 음식이 나왔다. 음식을 본 그녀의 입꼬리가 한껏 올라가 있었다.

조금 과하게 느껴질 수도 있는, 그녀의 긍정적인 반응은 주위 사람들을 웃게 만든다. 지금도 식사를 가져온 점원은 그녀의 반응을 보고 만족스러운 미소를 짓고 있었다.

그녀가 차례차례 음식을 입으로 가져갔다.

"너도 빨리 먹어봐. 이 맛있는 걸 다 식어서 먹으면 아깝잖아!"

"아, 응."

이곳의 함박스테이크는 내가 평소 다니던 패밀리 레스토랑의 것보다 두툼하고 맛있어 보였다. 나도 그녀를 따라 함박스테이크에 나이프를 가져갔다. 두툼한 고기에서 육즙과 함께 감칠맛이 순식간에 퍼져 나왔다.

평소 쉴 새 없이 말하는 그녀도 별이 빛나는 밤하늘과 진수성찬을 즐기며 얌전히 미소를 지었다.

"음, 맛있어."

같이 시킨 샐러드도 싱싱했고 그게 또 함박스테이크랑 잘 어울렸다. 한 입 한 입 먹을 때마다 나도 모르게 감탄했다.

평소 리액션이 크지 않은 나였지만 오늘만큼은 표정에 드러났던 것 같다. 내 표정을 본 그녀가 만족하는 미소를 지어 보였다. 그 표정이 마치 '내가 이 가게에 와서 이 메뉴를 시키길 잘했지?'라고 말하는 것 같았다.

그녀는 디저트도 추가로 주문했고, 결국 우리는 코스 요리를 즐긴 것처럼 되어버렸다.

"테루히코는 말이야, 사랑이 뭐라고 생각해?"

먼저 접시를 비우고 한가해졌는지 그녀는 뜬금없이 그런 말을 꺼냈다.

"…저기, 물어볼 사람을 잘못 고른 거 아니야? 내 입으로 말하기 좀 그렇지만 누가 봐도 나보다 네가 더 연애 경험이 많을 텐데……."

"아니, 나는 테루히코가 생각하는 사랑이란 무엇인지 궁금해서 물어본 거야."

호기심이 가득한 그녀의 눈은 마치 먹잇감을 노리는 육식동물의 눈 같았다. 도무지 벗어날 수 없을 것 같았다.

"좋아하는 그 사람이 대단해 보여서, 다가가고 싶은 느낌이랄까."

"뭐야, 고지엔* 국어사전을 따라 읽는 것 같은 대답은. 아, 그러고 보니 슬슬 고시엔** 야구대회의 계절이네."

"…아니 대화의 주제가 바뀌는 속도가 너무 빠르잖아."

그녀는 시시한 말장난을 좋아하는 걸까. 자연스럽게 주위 사람들을 웃게 하는 그녀지만, 노리고 던지는 농담에는 의외로 약한 건지도 모른다.

---

* 일본의 대표적인 출판사 '이와나미 서점'에서 발행한 일본어 사전이다.

** 효고현 니시노미야 시의 한신 고시엔 야구장에서 하는 고등학교 야구 대회를 흔히 '고시엔'이라 한다.

"아니, 야구 얘기를 하고 싶은 건 아니고⋯⋯. 그렇구나, 테루히코가 생각하는 사랑이라는 건 그런 거구나. 그렇게 생각하게 된 계기가 있어?"

결국, 그녀가 묻고 싶은 것은 이것인가.

"그럼 너는?"

"뭐야, 드디어 나에 대해서 궁금해진 거야?"

신바람이 난 그녀는 디저트용 수저를 돌리며 웃었다. 나는 한숨을 내쉬며 의자를 뒤로 빼고 일어서려고 했다.

"아, 아르바이트 갈 시간이네. 이제 가자."

"기다려, 미안해, 내가 좀 나댄 것 같네!"

나는 또 그녀를 대하는 새로운 대처법을 발견해버린 것 같다.

"인기 있는 남자에게 고백을 받고 분위기에 휩쓸려서 사귀었던 적이 있는데 막상 사귀고 나니까 바로 알겠더라고. 그때의 감정은 호감이었을 뿐, 사랑은 아니었다는 걸."

"음, 꽤 철학적인 이야기를 하는구나."

"아니, 단순히 내 경험담이야."

"호감과 사랑의 차이에 대해서는 깊게 말하기 어려워."

"그런 거 말하지 않아도 돼! 나도 그 둘의 차이에 대해 잘 알지는 못하니까!"

"그럼 다음은 네 차례야. 내가 먼저 대답했으니까 너도 얘기해줘. 나는 너에 대해 알고 싶어."

갑자기 어색하게 느껴져 나는 곧장 말을 이었다.

"전부터 생각했는데 왜 나 같은 사람에 대해 알려고 하는 거야? 인기 있는 남자에 대해 알려고 하는 편이 유익할 것 같은데."

"그런 사람은 다른 사람들도 궁금해하잖아? 나는 너에 대해 알고 싶어. 나만 아는 매력이 있는 사람, 멋지다고 생각하지 않니?"

과연, 나는 지금까지 이성으로부터 그런 말을 들은 적이 없었기 때문에 미처 생각지도 못한 포인트였지만 그녀의 말은 설득력이 있었다.

나도 카메라 너머 그녀의 모습을 아는 사람이 나밖에 없다고 생각하면 조금은 특별한 사람이 된 기분이 드니까. 그녀도 비슷한 기분이겠지.

"나는… 정말 사랑 같은 건 해본 적이 없는데……. 아, 사랑과는 거리가 멀지만 그래도 특별한 감정을 품었던 여자는 있어."

그녀의 이야기를 들은 이상, 아무 말도 하지 않는 것은 왠지 불합리하다고 생각했다. 그래서 그녀에게 얘기하기로 했다.

"내가 사진을 찍게 된 계기가 된 일인데, 중학교 1학년 때 일이야."

"오호, 자네의 현재 전속 모델로서 잘 들어보겠어."

그녀가 흥미롭다는 듯이 반응했기에 나도 조금 들떠버렸는지도 모른다. 오늘의 나는 어느 때보다 말이 많았다.

"아빠와 나는 간호사인 엄마의 출퇴근에 자주 동행하다보니 병원을 찾을 기회가 많았어. 그러다 보니 카메라를 들고 있는 아빠에게 촬영을 의뢰하는 사람도 있었고. 그렇게 한 번 두 번 사진을 찍어주다 보니 사진 촬영이 아빠의 부업처럼 되더라. 그날도 나는 아빠의 카메라를 만지작거리며 엄마의 일이 끝나기를 기다리고 있었거든?"

"응응."

나는 그때의 일을 회상하며, 말을 이어갔다.

"그때, 병원 대기실에서 누가 울고 있어서 어린아이겠거니 생각했는데, 막상 다가가서 보니 나와 키가 비슷한 여자아이였어."

그녀는 순간 눈을 동그랗게 뜨고 멈칫했다. 남에게 관심이 없는 내가 울고 있는 여자아이를 걱정했다는 것이 그렇게 의외였을까.

"내가 카메라를 들이대니까 그 아이는 뚝뚝 눈물을 흘리면서도 필사적으로 자세를 취하더라. 그 모습이 본인도 이상했는지 그만 빵 터졌고, 나도 같이 웃어버렸어. 눈이 엄청나게 부은 채로 웃고 있는 그 아이의 사진이 내가 처음 찍은 인물 사진이야."

"너, 옛날엔 제법 멋있었잖아?"

기억 속 필터에는 아직도 선명하게 남아 있다. 물론 그때 찍은 사진도 보관하고 있다. 사진작가로서의 출발점이라고도 할 수 있는 이 이야기를 다른 사람에게 한 것은 처음이었다. 루이에게조차 이 이야기는 한 적이 없었다.

"그랬구나."

"이야기를 들어보니 큰 병원에서 처음으로 이런저런 검사를 하게 돼서 무서웠대. 그 여자아이는 검사하러 가기 전에 나에게 웃는 얼굴로 '고마워.'라고 말해줬어. 그때 나도 카메라로 사람을 웃게 할 수 있다는 걸 알았고, 지금까지 사진을 찍게 된 거야. 그러니까 나에게 그런 영향을 준 그 아이는, 적어도 내 안에서는 특별한 아이라고 생각해. 이름도 나이도 모르고 그 이후로 한 번도 만나지 못했지만 말이야."

이야기를 끝내고 나서, 나는 평소 나답지 않게 꽤 주절 주절 이야기했다는 것을 깨달았다. 하지만, 그녀가 평온하게 고개를 끄덕여주었기 때문에, 왠지 얘기하길 잘했다고 생각했다. 그녀는 말을 하는 것뿐만 아니라 듣는 것 또한 잘하는 것 같았다.

"그 아이도 분명 너에게 고마워할 거야."

"그랬으면 좋겠는데."

"네가 처음으로 찍은 사진 좀 보여줘!"

"나중에 기회가 된다면 보여줄게."

어느 쪽이 먼저였는지는 모르지만 거의 동시에 웃음이 터졌다. 그녀가 웃는 모습은 나의 첫 번째 모델이 되어준 여자아이가 웃을 때와 닮아 있었다.

"그럼 이만 가볼까? 이제 진짜 아르바이트 가야 해."

"응, 그래."

돌아오는 길, 나와 그녀 사이에 특별한 대화는 없었지만, 딱히 어색하지는 않았다.

"그럼, 또 보자."

"그래, 그러자."

그녀는 아쉬운 듯했지만, "어쩔 수 없지. 아르바이트를 당일에 갑자기 빠질 수는 없으니까."라고 말하며 떠나갔다. 다른 이유라면 지금처럼 순순히 보내주지 않겠다는 선언이라고 봐야 할까.

"잠깐만!"

"왜?"

갑자기 그녀가 나의 팔을 잡아당겼다.

"잠깐 여기 봐봐!"

"응? 무슨 일이야?"

찰칵.

가벼운 촬영음이 들렸다.

"가끔은 찍히는 것도 괜찮지?"

"나 찍는 건 좋아해도 찍히는 건 질색이야."

그녀는 휴대폰으로 나와의 투 샷을 찍은 것 같았다.

"그럼 지금부터 찍히는 것도 좋아해봐. 같이 찍은 사진이 갖고 싶어."

그렇게 말하고 그녀는 만족스러운 듯 휴대폰을 넣었다.

이 상황이 이상하게 싫지 않았다.

그리고 그녀는 집으로, 나는 아르바이트를 하러 발걸음을 옮겼다.

"아~ 진짜 재밌었다! 나중에 연락할게. 방금 둘이 찍은 사진도 기대해!"

그렇게 외치는 소리가 들려 돌아보니 그녀가 웃는 얼

굴로 손을 흔들고 있는 것이 보였다. 나도 모르게 그 표정을 따라 입꼬리가 조금 올라갔다. 나도, 그녀와의 시간을 즐기고 있었던 것일까.

오늘은 근무 시간이 짧았기 때문에 그리 피곤하지 않을 거라고 생각했는데, 집에 돌아오자마자 그대로 뻗었다.

"아 맞다……."

왼쪽 주머니에서 휴대폰을 꺼내 보니 그녀의 메시지가 와 있었다.

✉오늘은 굉장히 즐거웠어! 빨리 다음 약속을 잡고 싶은데, 이번 주는 평일에 일정이 꽉 차 있어. 토요일은 어때? 나는 내일도 놀고 싶을 정도야.

하지만 이번 주 토요일은 아빠의 기일이다. 나는 엄마와 함께 있겠다고 약속했기 때문에 토요일엔 함께 할 수 없었다.

곧이어 돌아오는 길에 찍었던 사진도 날아왔다. 얼굴 가득 미소를 띤 그녀와 무심코 돌아본 순간의 얼빠진 나의 얼굴.

분명히 이 사진에 그녀는 만족했을 것이다. 장난스러운 표정이 곧장 떠올랐다.

✉나야말로 재밌었어. 그렇지만 토요일은 중요한 일정이

있어서 다른 날에 볼 수 있을까?

그녀에겐 거짓말로 둘러대는 것보다 솔직하게 말하는 편이 좋을 것 같았다. 바로 답장이 왔다.

✉일정이 있구나…! 그러면 당분간 단둘이 얘기할 기회가 없겠네. 재미없어~

✉토요일이 아빠의 기일이라서 가족끼리 보내기로 했어. 미안해.

✉아, 그렇구나. 나야말로 미안해. 그럼 다른 날로 다시 잡아볼 테니까 너는 목을 쭉 빼고 기다려. 그럼 잘 자!

나도 ✉잘 자. 라고만 답장했다.

"목욕이나 하자."

이걸로 당분간 그녀와의 약속은 없을 것 같았다.

*

그렇게 생각하고 있던 내게 다음날 한 통의 메시지가 도착했다. 사진을 찍자는 메시지였다. 방과 후 다른 볼일이 있는 것도 아니었기 때문에, 동아리 활동을 끝내고 그녀가 부른 곳으로 향했다.

"안녕! 오랜만이야!"

"응, 하루 만이네."

고등학교로부터 가장 가까운 역에서 한 시간 정도 걸리는 번화가였다. 엄마의 일터가 여기 있어서 나에게도 익숙한 곳이었다.

"너 오늘 학교 안 왔지?"

"하하하, 조금 피로가 쌓였는지 오전에는 몸 상태가 안 좋았어. 하지만 지금은 괜찮아! 기분 좋아!"

말 그대로 그녀는 기운이 솟아나는 것 같았다. 언제나처럼 웃는 얼굴로, 금방이라도 나의 팔을 잡아끌고 갈 것 같았다.

검은색 반바지에 흰색 티셔츠를 입은 단순한 복장이었지만, 비교적 키가 큰 그녀는 그 단순한 복장이 어울렸다.

"오늘은 진지하게 사진 촬영에 임할까 합니다."

"…내일은 눈이 올 것 같네요. 방한을 잘하도록 하세요."

"여름에 눈이 오겠냐고! 내가 진지한 말을 한다고 해서 그렇게 놀릴 일은 아니잖아!"

"그럼 이런 모습이 어색하지 않도록 평소에도 좀 진지해져봐."

이런 대화를 나누며 그녀에게 이끌려 거리를 걸어갔다.

"그리고, 오늘 촬영하고 나서 몇 장이라도 좋으니 바로 현상하고 싶은데 할 수 있겠어?"

"할 수는 있는데, 왜?"

"부적 대신 갖고 싶어."

"본인 사진을? 너는 정말 자기 자신을 좋아하는구나."

"아니야! 너랑 찍은 사진! 같이 찍자고 했잖아."

그녀는 매우 진지한 얼굴로 말했다. 무엇을 의미하는 부적인지는 알지 못했지만, 그녀가 진지하게 말했기 때문에 나는 순순히 응했다.

그녀가 향한 곳은 관광 명소로 유명한 곳이었다. 눈앞에는 바다가 있고, 일대에는 벽돌 건물들이 즐비했다. 해가 지는 시간대여서 수평선에 드리운 노을빛이 바다에 반사됐다. 촬영 장소로는 더할 나위 없었다.

"사진 찍기 좋은 장소를 골랐네."

"그치? 평일이라 사람도 많지 않고 촬영하기도 좋을 것 같아."

"그건 그렇고, 너랑 만날 때는 항상 해 질 녘인 거 같은데."

"학생이니까 그런 거지. 학교가 끝나면 항상 이 시간대니까."

"그런가?"

"그럼 일단 둘러볼까!"

"사진 찍는 거 아니고?"

"우선은 어디가 사진이 잘 나올지 보고 나서 찍어야지!"

그녀의 언변은 이길 수가 없다. 결국, 우리는 이곳을 탐방하기로 했다. 여기저기 다니며 간식으로 어느 정도 배를 채운 뒤 벤치에서 잠깐 휴식을 취했다.

"꼭 고등학생 같다."

"고등학생 맞지!"

예상했던 대로 바로 그녀가 반응했다.

"너는 항상 학교 끝나고 이렇게 시간을 보내?"

"뭐, 시간이 날 때는 거의 이렇게 친구와 있었던 것 같아."

"그렇구나."

오늘은 학교도 쉬었으니 지루했을 것이다. 그래서 나를 불러낸 것일 수도 있고.

"너는 결국 나랑 놀려고 부른 거구나."

드디어 그녀가 진지하게 촬영에 임한다고 생각했지만, 역시나 결과는 이러했다. 그녀의 머릿속에는 반드시 놀아야 한다고 프로그래밍이라도 되어 있는 걸까.

"아니아니, 사진 찍겠다고! 그것 때문에 너를 부른 거니까."

"그럼 빨리 찍자."

나는 재촉하듯 말했다. 그녀의 표정을 확실히 찍을 수 있도록 해가 지기 전에 사진을 찍고 싶었다.

"그래! 역시 이 벽돌 건물을 배경으로 찍고 싶어."

"그래그래, 모처럼 여기까지 왔으니까."

그녀는 벽돌 건물 쪽으로 이동했다.

"아, 조금 더 이쪽으로 서볼래? 바다와 벽돌 건물이 둘 다 나오게 찍으면 좋을 것 같아."

"그거 좋은 생각이네."

그녀는 내 말대로 걸음을 옮겼다.

"그 정도면 됐어."

석양에 그을린 바다와 유럽을 연상시키는 벽돌 건물의 조화로운 경치는 이곳이 일본이라는 것을 잊게 할 정도로 이국적이고 아름다웠다. 그리고 그 중앙에 서 있는 그녀는 그런 경치 못지않은 존재감을 보이며 사진 속의 주인공이 되어 있었다.

"느낌 좋다. 그렇게 있어."

"응!"

그녀도 감을 잡았는지 지난번처럼 부끄러워하지 않고 당당하게 자세를 취했다. 나도 뒤처질 수는 없었다. 그녀에게 어울리는 사진작가가 되어야 한다고 생각하면서 차례차례 셔터를 눌렀다.

시간 가는 줄 모를 만큼 열중하고 있는데 문득 파인더 안에 그녀가 아닌 다른 인물이 잡혔다. 카메라를 내리고 보니, 허리가 굽은 할머니가 촬영 중이라는 걸 눈치채지 못했는지 나와 그녀 사이를 천천히 지나고 있었다.

"할머니 괜찮으세요?"

그녀가 할머니에게 다가가며 말을 걸었다.

"아이고, 괜찮아요."

그녀는 할머니의 허리를 어루만지며 도와주듯 옆을 걸었다. 루이가 전에 말했던 그녀의 장점은 이런 것인가. 도움이 필요해 보이는 사람을 보면 바로 손을 내미는 성격. 그 모습은 내 눈에도 아름답게 비쳤다.

무의식적으로 카메라를 고쳐 잡고, 이 장면을 사진으로 남겼다. 공들여 세팅해서 찍은 아름다운 사진보다도, 이렇게 흔한 일상 속의 배려를 포착한 사진이 더 가치 있을지도 모르겠다는 생각이 들었다. 그리고 이것이야말로 그녀다운 모습이라고 생각했다.

할머니는 내게 기분 좋은 미소를 지어주었다. 배려와 미소가 가득한 공간, 다정한 시간이 흐르고 있었다.

"할머니, 사진 한 장 찍어드려도 될까요?"

내가 그렇게 말하자 할머니는 "이런 늙은이라도 괜찮다면."이라며 다시 미소를 지어주었다.

"자, 너도 찍을 준비해."

"어? 나도?"

"모델인 네가 없으면 어떡해."

나와 할머니의 대화를 듣던 그녀가 부랴부랴 사진 찍을 준비를 했다. 문득 나도 이 순간에 함께 기록되고 싶다는 생각이 들었다. 나도 같이 사진 찍을 준비를 하자 그녀는 의외라는 듯 놀라워했다.

"자, 찍습니다!"

근처에 있던 관광객분께 촬영을 부탁드려 나와 그녀, 그리고 할머니 셋이서 사진을 찍었다. 단순히 뭔가를 남기고 싶어서 사진을 찍은 건 처음일지도 모른다. 게다가 나는 언제나 셔터를 누르는 입장이었는데 이번에는…….

그 후 할머니의 짐을 목적지까지 들어드리겠다고 그녀는 말했지만, 데이트를 방해하고 싶지 않다며 할머니는 떠나버렸다. 즐거운 시간을 선사해줘서 고맙다는 말을 들었기 때문에 사진을 찍기를 잘한 것 같았다.

"데이트래. 에헤헤, 우리 그런 관계로 보이는 거구나."

"뭐, 한창인 남녀가 함께 있으면 그렇게 보이지 않겠어?"

"그렇게 냉정하게 말할 것까지야~"

"사실을 말하는 것뿐이야."

"뭐, 맞는 말이긴 하네."

주위가 어두워지자 조명이 바닥에서부터 건물을 비추며 꽤 멋진 광경을 연출했다. 벽돌 건물의 분위기가 낮과는 사뭇 달라져 있었다. 눈이 내리는 겨울에 보면 더 예뻐 보이지 않을까 하는 생각이 들었다.

"왜 아까 갑자기 같이 사진을 찍자고 했어?"

역시 궁금해할 것 같았다.

"네가 처음에 나랑 같이 사진을 찍고 싶다고 했잖아."

"그렇지만, 특별한 이유가 있지 않을까 해서."

"아, 네가 아까 할머니를 챙겨주고 있을 때의 분위기가 좋다고 생각했어. 그래서 괜스레 그 순간을 찍고 싶어졌어. 단지 그것뿐이야."

그렇게 말하자 그녀는 수긍한 듯 고개를 끄덕였다.

"나는 카메라에 대해 전혀 모르지만, 분명 너는 인물 사진을 잘 찍는 사진작가인 것 같아."

순수한 칭찬이었다.

"그래?"

"응. 그 사람이 매력적으로 보이는 바로 그 순간에 카메라를 잡았으니까. 분명히 그럴 거야. 내가 보장해."

웃는 얼굴로 그녀는 그렇게 말했다.

카메라를 손에 쥔 사람으로서 평소 내가 염두에 두고 있던 것은 '만인이 좋아할 만한 예쁜 사진을 찍는다'는 것이었다.

그건 그것대로 중요할지도 모르지만, 그녀의 말은 그 이상으로 의미가 있었다. 카메라는 자신이 찍고 싶은 순간을 담는 것이라는, 기초적이면서도 잊지 말아야 할 것을 내게 상기시켜주었다.

"멋진 말도 할 줄 아네."

"후후, 그럼! 나도 별이 보고 싶으니까 관측하는걸. 진심으로 임한다는 건 분명 중요한 거야."

"그렇지. 네 말이 맞아."

나는 그 말에 동의하며 고개를 끄덕였다. 그녀의 성격은 나와 많이 다르지만, 그래서 내가 보지 못하는 면을 볼 수 있는 거겠지.

"그러니까 앞으로도 잘 부탁해. 내 전속 사진작가님."

"저야말로."

이때부터 진정한 의미에서 나와 그녀의 관계가 시작되었는지도 모른다.

대화를 마치고 나니 주위가 어두워 사진을 찍기 어려운 것도 있어, 촬영을 마치기로 했다. 처음 그녀가 요구했던 대로 사진 몇 장을 인근 편의점에서 바로 현상해 전달했다.

"무슨 부적으로 쓰려는지 모르겠지만, 자, 이거."

"고마워. 이제 힘내볼게."

이것이 그녀에게 도움이 된다면 좋으리라 생각했다.

"슬슬 갈까?"

그녀는 고개를 끄덕였다. 항상 밝은 그녀도 헤어지는 건 익숙하지 않은 걸까. 그녀는 슬픈 얼굴을 하고 있었다. 지금까지 거의 보여주지 않았던, 그녀의 네 번째 감정이었다.

나는 그 얼굴을 담고 싶어서 카메라를 잡았지만, 그녀가 앞서 걷기 시작한 탓에 찍을 수 없었다.

"나는 엄마를 기다렸다가 같이 갈게. 이 근처에서 일하시거든."

"그렇구나, 알겠어. 그러면 여기서 안녕이네."

손을 흔들며 그녀는 떠나갔다. 역 쪽으로 향하는 그녀를 배웅한 뒤에 엄마가 근무하는 병원으로 향했다.

접수처 앞에 줄지어 배치된 긴 의자 끝에 앉아 기다리고 있는데 얼마 지나지 않아 엄마가 나타났다.

"테루히코가 마중을 다 나오다니, 드문 일이네. 어쩐 일이야?"

"우연히 이 근처에 볼일이 있어서 겸사겸사."

"흠. 그럼 그렇지. 어차피 엄마는 겸사겸사구나?"

"그렇게 삐지지 마시고요."

"후후, 농담이야. 와줘서 고마워, 테루히코."

상냥하게 웃는 엄마를 보고 있으니 가끔은 이렇게 마중 나오는 것도 좋을 것 같다는 생각이 들었다.

"어?"

그때 내 시야에 생각지도 못한 인물이 비쳤다.

검은색 반바지에 흰색 티셔츠라는 흔한 복장인데다 얼굴을 직접 본 것은 아니므로 단정 지을 수는 없지만, 조금 전까지 몇 번이나 파인더를 통해 보았던 복장과 매우 흡사했다. 어깨선쯤 오는 가지런한 검은 머리나, 큰 키도 익숙했다.

"무슨 일 있어?"

엄마의 목소리에 정신을 차렸다.

"아니에요, 아무것도."

그녀는 몸 상태가 안 좋다고 했고, 나와 돌아다니다가 악화됐을지도 모르겠다는 생각이 들었다.

다음에 만나면 물어봐야겠다고 생각하며 집으로 돌아갔다. 하지만 그녀는 다음날에도 학교에 오지 않았다. 역시 어제 몸 상태가 더 나빠진 걸까.

그녀 한 명이 없는 것만으로도 교실이 단번에 조용해진 느낌이었다. 내가 원하던 조용한 교실이 됐는데, 왠지 마음이 편하지는 않았다.

분명 그녀는 지루해서 견디지 못할 것이다. 그래서 곧 연락이 올 거라고 생각했는데 결국…….

"좋은 아침이에요, 엄마."

그녀와 연락 없이 사흘을 보내고 토요일을 맞이했다. 오늘은 아빠의 기일이었지만 엄마는 아무래도 아빠와의 시간을 추억하며 보내기엔 어려워 보였다.

"아, 좋은 아침. 테루히코 미안해. 갑자기 병원에서 연락이 왔네. 잠시 다녀올게."

아침부터 엄마는 꽤 분주해 보였다. 사람의 생명을 책임지는 일을 하다 보면 이런 일도 종종 있다. '그래도 오늘은 아빠 기일인데.'라는 생각이 들었지만 한편으로는 자랑스러웠다.

"조심해서 다녀오세요. 밥은 알아서 챙겨 먹을게요."

"이런 아들이 있어서 엄마는 너무 행복하다."

"알겠어요, 엄마. 급한 일 같으니 빨리 가보세요."

정신이 없을 텐데도 엄마는 웃음을 잃지 않았다. 어째서 내 주변에는 잘 웃는 사람들이 모일까. 엄마는 솔직하게 감정을 드러내는 사람이고 그건 그녀도 마찬가지다. 이들이 자신의 감정을 솔직하게 표현할 때 묘한 느낌이 드는 걸 보면, 무의식중에 이런 성향을 동경한 걸지도 모르겠다.

나는 등 떠밀듯 엄마를 배웅했다. 긴급으로 연락이 온 걸 보면 담당 환자에게 무슨 일이 있는 것 같았다.

"좋아, 재료 좀 사와서 집에서 만들어 먹을까."

엄마가 집으로 돌아오면 같이 먹을 식사를 준비하기로 했다. 요리를 하는데 시간이 많이 걸리지는 않아서 엄마를 기다리는 시간을 다 보내기에는 역부족이겠지만.

얼마 전 그녀와 먹은 함박스테이크 맛이 꽤 감동적이었기 때문에 나는 함박스테이크를 만들기로 결정했다. 평소와는 다른 양념을 쓰고, 최적의 두께를 찾기 위해 다양한 형태로 굽기도 했다. 시행착오 끝에 만족스러운 레시피를 찾은 나는 갓 만든 음식을 엄마에게 대접할 수 있도록 세팅해뒀다. 그리고 침대 위에 누웠다.

"뭘 하지……."

지금까지는 평소와 다를 바 없는 조용하고 평화로운 날이다. 보통 카메라를 만지작거리거나 독서를 하거나 마음대로 시간을 쓰는데, 오늘은 그런 건 하고 싶지 않았다.

"어휴."

한숨이 쏟아졌다. 그녀로부터 연락이 오지 않았는지, 왠지 모르게 계속 신경이 쓰여 몇 번이고 휴대폰을 확인했지만 여전히 소식이 없었다.

그녀는 지난 일주일 동안 왜 학교에 나오지 않았을까. 그녀는 지금 무엇을 하고 있을까. 나는 왜 이렇게도 그녀를 신경 쓰고 있는 것일까.

하지만 내가 먼저 그녀에게 연락하지는 못했다. 오늘이 평소 같은 휴일이고 아빠의 기일도 아니었다면 선뜻 먼저 연락할 수 있었을까.

"아야베 카오리… 베카, 베가……."

그녀는 자신을 베가라고 말했다. 여름 하늘에 빛나는 일등성이라고. 천체투영관에서 얻은 지식에 의지해, 내 방 작은 베란다에서 베가를 찾아보았다. 하지만 역시나 낮에는 별을 볼 수 없었고, 그녀로부터 메시지도 오지 않았다.

심심풀이 차원에서 베가라는 별에 대해 알아보다가 나

도 모르게 잠이 든 것 같았다. 눈을 떠보니 창문으로 들어오는 햇볕이 어느새 따스한 오렌지색으로 물들어 있었다.

1층 거실에서 TV 소리가 희미하게 들렸다.

"아뿔싸."

살짝 잠들어버린 게 맞았다. 엄마의 퇴근길에 맞춰서 요리를 완성하려고 했는데…….

"테루히코, 잘 잤니?"

서둘러 거실로 가니 엄마가 주방에서 프라이팬을 잡고 있었다. 이제 막 돌아온 것 같았다. 생각보다 금방 돌아온 걸 보니 환자에게 큰일이 일어난 것 같지는 않아 보였다.

"엄마 미안해요, 이건 제가 할 테니까 엄마는 먼저 씻고 오세요."

"아냐. 배고프니까 밥부터 먹자."

"그럼 일단 제가 할 테니까 엄마는 거실에서 쉬세요."

"그래, 그럼."

엄마는 순순히 거실 소파에 앉아 예전에 보던 투병 다큐멘터리 프로그램을 이어서 보기 시작했다.

"그건 그렇고 함박스테이크라니 의외의 메뉴네."

"저번에 먹어봤는데 맛있더라고요. 그리고 아빠도 좋아하셨고요."

"그래… 네 아빠, 함박스테이크 좋아했지……. 함박스테이크는 여자친구랑 같이 먹으러 간 거야?"

순간 추억에 젖었던 엄마는 갑자기 표정을 바꾸며 나에게 농담을 던졌다.

"아, 아니에요."

"후후, 하지만 그런 표정이라면 루이 군은 아닌 것 같고, 여자아이 맞지?"

"아니라니까요."

"그래서 그 환자분은 괜찮아지셨어요?"

"아, 괜찮다고 말해도 될지 모르겠지만, 일단 생명에 지장은 없어."

"그럼 다행이네요."

"그래도, 역시 나이 어린 사람이 아픈 걸 보면 특히나 슬퍼."

다큐멘터리에서는 나보다 어린 난치병 환자가 나왔다. 나도 어느 날 갑자기 난치병에 걸릴 수도 있는데, 다큐멘터리의 내용은 나와는 먼 이야기처럼 느껴졌다. 함박스테이크를 한가득 입에 담고 맛있게 먹던 그녀도 저런 세계와는 무관해 보였다. 그런 생각을 하고 있을 때 엄마가 TV 화면을 쳐다보면서 문득 낯익은 이름을 꺼내며 말했다.

"오늘 연락이 왔던 그 환자, 무리하는 타입이라 걱정이야. 요즘 부쩍 평소보다도 더 무리하는 것 같거든. …카오리, 괜찮으려나."

"카오리…? 누구 말하는 거예요?"

엄마의 말을 놓치지 않고 물었다. 어쩌면, 놓치는 게 좋았을지도 모른다. 갑자기 심장 박동이 빨라졌다.

"앗, 못 들은 거로 해줘."

"지금 말한 카오리가 누구냐니까요!"

나도 모르게 소리를 쳐서 스스로 놀랐다. 통제력을 잃을 정도로 나는 동요하고 있었다.

"테루히코…?"

싫은 예감이 들었다.

문득 그녀와 함께했던 시간이 떠올랐다.

천체투영관, 쇼핑몰, 음식점.

그 모든 곳이 그녀의 웃는 얼굴로 가득했다.

그럴 리가 없다. 그럴 이유가 없었다.

화면 너머 병상에 누워 있는 여자아이와 그녀는 아무래도 연관 지어 생각할 수 없었다.

현실성이 없었다.

카오리라는 이름을 가진 사람은 얼마든지 있다. 언제

나 웃는 얼굴을 하는 그녀에게는 있을 수 없는 일이라고 생각했다. 하지만 불꽃놀이를 올려다보던 애수 어린 옆모습. 헤어질 때의 그녀의 슬픈 표정은…….

나와 함께 다닐 때, 좀 쉬자고 먼저 얘기를 꺼내는 사람은 언제나 그녀였다. 최근 그녀는 수업 시간에 자주 졸았다. 하지만 엄격한 선생님도 그녀가 조는 것에 대해서 특별히 지적하지 않았고, 나는 그게 좀 의아했는데… 선생님들은 그녀의 사정을 알고 있었던 건지도.

이번 주에 학교에 오지 않은 것도, 그녀가 부적 대신 사진을 갖고 싶어 한 것도. 평소 의아했던 것들이 '그녀가 난치병을 앓고 있다'는 전제로 생각하면 모두 이해됐다.

그리고 무엇보다 지난번 촬영을 마치고 병원에서 엄마를 기다릴 때 봤던, 그녀를 닮은 누군가의 뒷모습. 그것이 정말로 그녀였다면…….

"엄마, 지금 말한 그 아이의 성이 뭐예요?"

알고 싶지 않았다. 그런데 물을 수밖에 없었다. 나는 귀를 막고 싶은 마음을 누르며 엄마의 말을 기다렸다.

"…아야베."

엄마가 떨떠름한 표정을 지으며 말했다.

"…!"

믿고 싶지 않았다.

그녀는 나의 모델이다. 이제야 제대로 촬영을 하기 시작했는데. 이제 겨우 인물 사진을 어떻게 찍어야 할지 감을 잡았는데. 그녀와 함께 있을 때 즐거워지기 시작했는데.

심장이 엄청난 압력으로 짓눌리는 듯했다.

"무슨 병이에요…?"

"환자의 개인 정보는 누설하면 안 돼. 원래는 이름도 말하면 안 되는 건데……."

엄마의 쓸쓸한 표정이 그녀의 병이 결코 가볍지 않다는 걸 말해주고 있었다. 나는 도망치듯이 밖으로 뛰쳐나갔다.

아무것도 생각하고 싶지 않았다. 하지만 그녀의 웃는 얼굴이 자꾸만 아른거려 그녀에 대한 생각을 떨칠 수 없었다.

휴대폰을 보니 온종일 기다리던 그녀의 메시지가 와 있었다.

✉ 야호- 내 연락 기다리고 있었나? 슬슬 내 생각이 날 때가 된 것 같아서 연락해봤어. 가족들과 오늘 하루 잘 보냈니? 나는 네가 안 놀아줘서 완전히 한가했어. 다음에 네가 메꿔줘야 해!

나는 답장을 할 수 없었다.

뭐라고 답장해야 할지 생각나지 않기도 했고, 이렇게 매번 일상적인 얘기만 하는 그녀가, 사실은 매일 난치병 치료를 받고 있다는 현실을 받아들일 수 없었다.

아빠는 환자나 보호자의 부탁을 받고 사진을 찍었다. 그중에는 중병에 걸린 사람이나 시한부 인생을 사는 환자도 있었을 텐데, 아빠가 찍은 사진 속 인물들은 모두 웃고 있었다. 아빠는 어떻게 이런 사진을 찍을 수 있었을까. 받아들이기 힘든 죽음을 앞둔 그들을, 아빠는 어떻게 웃게 할 수 있었던 걸까. 나는 아빠와 같은 카메라를 사용하고 있지만, 아빠처럼 환자의 진심 어린 미소를 끌어낸 사진은 찍을 수 없을 것 같았다.

이제부터 나는 그녀를 어떻게 대해야 하지? 나는 그녀를 어떻게 찍어야 하지? 그녀의 어떤 모습을 찍으면 될까?

머릿속으로 열심히 생각해도 뭐 하나 알 수 없었다.

제3장

다음날 학교에 가니 그녀는 아무 일 없다는 듯 자기 자리에 앉아 주변 친구들과 이야기하고 있었다. 밝게 얘기하는 그녀가 지금까지와 많이 달라 보였다. 그녀는 내 모습을 확인하고는 곧장 다가왔다.

　"아마노 군, 잠깐 괜찮아?"

　나는 그녀에게 이끌려 빈 교실에서 단둘이 마주 보게 되었다.

　일방적으로 비밀을 알아버린 탓에 여느 때와 같은 그녀의 모습을 보는 게 괴로웠다.

　"왜 어제 답장 안 했어?"

"미안해⋯⋯."

중병을 앓고 있는 그녀에게 무슨 말을 해야 할지 떠오르지 않았다.

"뭐야, 나는 계속 답장 기다렸는데."

그녀는 평소와 똑같았다. 어제 엄마한테 들은 이야기가 꿈인 건 아닐까 싶을 정도였다.

"너는 말이야, 왜 항상 웃고 있어?"

그럼에도 그녀가 언제나 웃고 있는 이유를 나는 알 수 없었다.

"항상 즐거우니까."

그녀는 즐겁다고 말하면서 웃었다. 당연하다는 듯이 말이다. 병에 걸렸다는 건 그냥 착각이 아닐까? 나는 될 대로 되라는 듯이 가능한 한 밝은 목소리로 그녀에게 물었다.

"병은 괜찮아?"

이 물음에 "무슨 소리야?"라는 대답이 나오기를 바라고 있었다. 하지만 그녀는⋯⋯.

"⋯아이, 알아버렸구나?"

여전히 웃는 얼굴을 한 채 말했다. 아니, 그 부자연스러운 표정을 웃는 얼굴이라고 불러도 되는 것일까.

"괜찮아, 신경 쓰지 마."

"정말?"

"…벌써 수업 시작할 시간이네. 방과 후 옥상으로 와. 오늘은 동아리 활동 쉴 거야. 제대로 얘기하고 싶으니까."

온종일 나의 머릿속은 그녀의 생각으로 가득 찼다. 무슨 말을 하면 좋을까. 그녀는 나에게 무슨 말을 하려는 걸까? 그런 생각을 하다가 문득 정신을 차리고 보니 마지막 수업 종료 종이 울리고 있었다.

나는 무거운 다리를 질질 끌고 옥상으로 향했다. 그녀는 여느 때와 마찬가지로 그곳에서 하늘을 올려다보고 있었다. 석양을 배경으로 한 그녀의 모습은 내가 처음 여기에 불려 왔을 때의 일을 생각나게 했다.

얼마 전의 일이 유난히 멀게 느껴지는 것은 나와 그녀의 관계가 많이 달라졌기 때문일까. 그녀는 나의 일상에 깊숙이 들어와 있었다.

"오늘도 별이 웃고 있어?"

"아니, 오늘은 조금 슬픈 것 같아. 풀이 죽은 느낌이랄까."

"그렇구나."

지금의 우리는 평상시의 우리를 어색하게 연기하고 있었다.

"이제부터 내가 하는 이야기를 잘 들어줬으면 해."

아무 대답도 할 수가 없었다. 그녀가 지금부터 말하려고 하는 것은 분명 내가 듣고 싶지 않은 이야기일 것이다. 내가 들어선 안 될 이야기 같았다. 하지만…….

"좋아, 들을게."

나는 고민 끝에 답했다. 듣기 싫지만 안 들을 수도 없었다. 들어줄 의무가 있다고 생각했다.

듣든 안 듣든 분명히 후회할 거다. 지금은 그녀의 말을 듣지 않는 것보다 듣는 게 덜 후회스러울 거라고 스스로 타일렀다.

그녀는 나의 대답에 조금 놀란듯했지만 곧 표정을 바꿨다.

"고마워. 쉽게 말해, 혈액병이야."

그녀는 한 박자 쉬고 담담하게 이야기하기 시작했다. 그녀에게서 직접 들었는데도 믿을 수 없었다. 아니, 믿고 싶지 않았다.

"내 혈액이 말이야, 일을 제대로 해주지 않는대. 골수 이식이 필요하다고 해."

가슴에 총을 맞은 것 같은 충격이 쏟아졌다.

"아직 나한테 맞는 골수를 못 찾았고, 이 상태로는 오래 살지 못할 거라는 말을 들었어."

지난번 엄마의 표정에서 짐작은 하고 있었지만, 그녀의 상태는 예상보다 훨씬 좋지 않았다.

"언제나 웃는데, 그런 네가, 왜…?"

"믿을 수 없지? 그런데 이건 진짜야."

그녀는 계속해서 담담하게 이야기를 이어갔다. 어느 날 가벼운 상처가 생겼는데 피가 멎지 않았고, 그것을 계기로 병에 걸렸다는 걸 알게 된 것. 병원에 다니느라 학교도 많이 쉬었다는 것도.

"나는 현실을 받아들이고 남은 인생은 내 마음대로 살기로 했어."

"그래서 지금 현재를 최선을 다해 산다고 말했던 거구나."

"그치. 죽기 전까지는 하고 싶은 건 뭐든 따지지 않고 일단 하는 거야."

"그랬구나."

나랑 동갑인 여자아이가 죽음에 달관해 있다. 그 사실이 슬펐다.

"근데 그때 말이야." 하고 그녀는 즐거운 듯 말을 이어갔다.

"그때 널 발견했어!"

"어…?"

그녀의 손가락이, 시선이, 나를 가리키니 놀라지 않을 수 없었다.

"기억나려나? 비 오던 날의 불꽃 축제, 네가 나에게 카메라를 돌렸던 그때."

물론 기억하고 있었다. 지금도 생생히 기억난다. 그 순간을 찍고 싶어서 그녀의 사진작가가 되었다고 해도 과언이 아니니까.

"그때의 너는 대단했어. 카메라를 들여다보는 진지한 모습이 빛나 보였거든! 너는 카메라 렌즈를 통해서 뭘 보고 있을까, 어떤 세계가 보일까, 궁금해서 말을 걸었어."

그녀는 미안한 표정을 지었다. 물론, 그때는 말을 걸었다기보다 협박에 가까웠던 것 같지만.

"이게 내 사진작가가 너여야 하는 이유야."

그랬구나. 나는 놀라움을 감출 수 없었다. 그래서 나도 그때 내가 느꼈던 걸 말했다.

"그때 너를 꼭 찍고 싶다는 생각이 들어서, 나도 모르게 카메라를 들었어. 그래서 네가 사진작가가 되어달라고 했을 때 승낙한 거고……. 너를 제대로 찍어보고 싶어."

내가 그녀와 대화 중 흐름을 바꾼 것은, 이것이 처음이었는지도 모른다.

"하지만 너의 병을 알게 되었으니 더 이상 너를 찍을 수 없어."

"응."

그녀는 옅게 웃으며 고개를 끄덕였다.

"미안."

"괜찮아……."

그녀는 모든 것을 이해하고 있다는 듯이 고개를 끄덕였다. 나에게는 아픈 사람을 찍을 각오라고는, 어디에도 없었다.

환자에게 의뢰받아 사진을 찍었던 아빠를 떠올렸다.

*

나는 아빠의 임종 직전에, "테루히코라면 반드시 최고의 사진을 찍을 수 있다."라는 말과 함께 아빠가 애용한 카메라를 물려받았다.

아빠가 말하는 최고의 사진이 어떤 것인지 알 길이 없지만, 짐작건대 아빠는 분명 피사체가 한순간이라도 웃을 수 있기를 바라며 사진을 찍었을 것이다. 어릴 적 내가 울고 있던 한 여자아이의 사진을 찍었던 것처럼.

나는 '최고의 사진'이 무엇인지 알고 싶어서 지금까지 셔터를 눌러왔다. 그녀를 찍으려던 것 역시 그런 마음에서 시작된 거였다. 물론 카메라 앞에서 피사체를 웃게 하는 건 어렵다는 아빠의 말과는 달리, 그녀는 항상 웃고 있었기 때문에 처한 상황이 다르긴 했다.

최고의 사진이 어떤 것인지는 그녀와의 관계 속에서 어렴풋이 느껴졌다. 병마와 싸우며 힘들게 짓는 미소가 아니라 진심으로 웃고 있는 사진을 찍어야 한다고.

그녀의 미소는 체념하고 짓는 담담한 미소였다. 내가 찍어야 하는 건 그런 게 아니다. 마음속에서 진심으로 행복이 우러나와 짓는 진심 어린 미소를 찍어야 한다. 아빠는 그런 일을 해왔다. 이 카메라를 사용해서.

내가 그걸 할 수 있을까? 자신감 같은 건 없지만 포기하고 싶지 않았다. 하지만……

"테루히코, 어제 무슨 일 있었어?"

다음날 방과 후, 동아리방에 갈 준비를 하고 있던 나에게, 루이는 문득 그렇게 물어왔다.

"응? 왜?"

"아야베가 혼자서 울고 있던데. 어제 방과 후에 말이야."

그녀는 오늘도 언제나처럼 친구와 서로 웃고 떠들고,

평소와 같아서 의아했다. 루이는 숨을 들이쉬고 말을 이어나갔다.

"우연히 교실에서 만났어. 왜 울고 있었는지는 가르쳐주지 않았지만, 테루히코 너는 알 거 아니야."

"그건……."

"무슨 일인지는 잘 모르겠지만 중요한 것은 세 가지야. 자신이 상대를 어떻게 생각하는지, 상대가 자신을 어떻게 생각해주길 바라는지, 그리고 그러기 위해서는 어떻게 해야 하는지."

"…나에게는 어려워."

"그렇구나. 그럼 내가 시범을 보여줄게. 방학식이 끝나고 교실에 남아 있어."

말을 마치자마자 루이는 교실 밖으로 나가버렸다.

'내가 어떻게 하고 싶은지, 나를 어떻게 생각해주길 바라는지.'

그 물음은 영어 문법이나 수학 공식보다 훨씬 어려웠다. 방학식은 3일 뒤. 그때까지 나는 답을 찾아야 했다. 내가 가장 어려워했던 수학 문제도 3일이나 고민한 적은 없는데, 말 그대로 최고의 난제에 직면한 것이다.

"카오리한테 들었어."

엄마는 묘한 표정으로 내게 말을 걸었다. 어느 때보다 진지한 목소리였다.

"카오리 사진을 찍어줬다며. 테루히코는 아빠와 같은 일을 하려고 하는구나. 그 아이의 병에 대해 모르고 한 것 까지는 어쩔 수 없지만……."

"네, 알고 있어요."

"앞으로도 그 아이의 사진을 찍는 건 간과할 수 없어. 엄마는 테루히코까지 잃고 싶지 않거든."

"네."

엄마의 걱정은 지당했다. 아빠는 병으로 쓰러져 돌아 가셨다. 생사가 요동치는 병원에서 사진을 찍으며 마음이 쇠약해진 게 원인이었다.

아빠의 직접적인 사인은 내가 지금 쥐고 있는 카메라 에 있다고 해도 좋다. 엄마는 그 일 때문에 이 카메라를 싫어하시고, 그래서 내가 사진 찍는 걸 말리는 것도 충분 히 이해가 갔다. 그러나 엄마는 나에게 카메라를 내려놓 으라고 말한 적이 한 번도 없다.

"하지만 나는 그 사람의 아내로서, 너의 엄마로서 두 사람 다 후회가 없었으면 해."

나를 응원해주는 것 역시 엄마였다.

"엄마는 곁에서 아빠를 봐왔으니까. 그 사람이 어떤 마음으로 사진을 찍고 있었는지 알아. 그런 면을 진심으로 존경했고. 처음에는 아빠가 먼저 좋아해서 다가왔지만, 정신 차리고 보니 엄마가 아빠를 훨씬 더 좋아하고 있더라."

진지한 표정을 짓고 있던 엄마는 어느새 여느 때의 모습처럼 웃으면서 자랑스럽게 이야기를 이어가고 있었다.

"어쨌든, 아들이 남편의 뜻을 이어준다면 그보다 더 기쁠 수 없다는 거야."

"그런가요?"

이해해줘서 고맙다는 말은 뭔가 쑥스러워서 무뚝뚝하게 대답하고 말았다.

아빠는 이렇게 언제나 자신을 이해해주고 용기를 북돋아주는 사람을 만났기 때문에 사진을 계속 찍을 수 있었는지도 모른다.

"카오리는 분명 테루히코를 기다리고 있을 거야."

"기다린다고요?"

"카오리가 테루히코의 이야기를 해주며 울었거든. 많은 약을 앞에 두고도, 힘든 치료를 받기 전에도, 얼마 살 수 없다는 말을 들었을 때조차 울지 않았던 카오리가 울었어. 카오리의 그런 모습은 처음이야. 이건 테루히코의 책임도 있다고 봐."

내가 그녀를 울게 했다. 이건 루이한테서도 들은 말이
었다.

"그리고, 내 생각은 그래. 만약 카오리의 병을 처음부터
알고 있었다고 해도, 테루히코는 사진을 찍지 않았을까?"

"그건……."

부인할 수 없었다. 나는 스스로 그녀의 사진작가가 되
기로 했다. 그걸 포기하고 싶지 않았고, 그녀가 가르쳐준
최고의 사진을 찍어보고 싶었다.

"아빠는 투병으로 힘든 시간을 보내는 그들이 웃을 수
있기를 바라는 마음에서 환자들의 사진을 찍었을 거야."

엄마는 애수를 느끼는 표정으로 이야기했다.

"환자들은 사진을 찍어야 하니 멀끔한 모습으로 있어
야 한다며 노력했는데, 삶에 의욕을 가지는 것만으로도
병세가 좋아지거나 예상했던 것보다 훨씬 오래 생존한 사
람도 있었어. 돌이켜보면 아빠의 사진 촬영이 환자들에게
희망이 되었다고 생각해. 희망을 줄 수 있다니, 그건 너무
자랑스러운 일 아니니?"

아빠가 환자에게 준 것은 그렇게 큰 것이었다. 아빠가
멋지다고는 생각했지만, 나도 그녀에게 삶에 대한 희망을

줄 수 있을까.

역시 나는 아빠와 비교하면 아직 미숙한 사진작가지만 그래도 내가 그녀에게 뭔가를 해줄 수 있다면… 그녀에게 최고의 사진을 찍어주는 것뿐.

큰 각오였다. 수동적으로 살아온 내 나름의 최선의 각오.

"고마워요, 엄마."

"천만에."

방금까지 무거웠던 가슴 속에서 무언가가 빠져나간 것 같았다.

지루하기만 한 방학식, 오전 중에 일정이 끝나 모두 가벼운 발걸음으로 교실을 빠져나가는 가운데, 나는 혼자 자리에 앉아 시계를 바라보고 있었다. 나를 불러낸 루이는 보이지 않았다. 일단 책이라도 읽으면서 루이를 기다리기로 했다.

시간이 가는 것도 잊은 채 정신없이 읽던 나는, 복도 쪽에서 들려오는 목소리에 반쯤 읽은 책을 덮었다. 어쩌면 그 소리가 그녀의 목소리였기 때문에 반응했는지도 모른다.

"무슨 일이야? 하고 싶은 얘기라니?"

그러나 그 목소리는 그녀에게서 처음 듣는, 경계심이

짙게 깔린 목소리였다.

"아야베는 좋아하는 사람 있어?"

그런 질문을 하는 목소리도 내게는 익숙한 것이었다. 루이였다. 루이는 나를 불러낸 곳 바로 앞에서 그녀와 이야기를 하고 있었다.

"왜 갑자기 그런 걸 물어?"

"용건을 말하기 전에 듣고 싶어서."

"…없어."

"그렇구나."

루이는 진중하고 사려 깊은 스타일로 이성으로부터 인기가 있었다. 하지만 루이가 이성에 대해 이야기를 한 적은 지금까지 없었다. 그 루이가, 지금 저런 이야기를 하는 것이 나는 놀라웠다.

"그래서 하고 싶은 이야기는?"

"아, 음……."

어색한 공기가 교실 안까지 전해졌다. 언제나 침착했던 루이는 목소리를 떨었고, 말투도 어눌했다. 긴장한 모양이었다. 평소의 그와는 전혀 어울리지 않는 모습이었다. 분명 그만큼 긴장할 이유가 있는 것 같았다.

예전에 루이가 그녀를 재미있는 사람이라고 말했던 것

이 생각났다. 그리고 그때의 내 직감이 틀리지 않았음을 확인할 수 있었다.

"나는 아야베를 좋아해, 이성으로서. 그러니까… 사귀어줬으면 좋겠어."

"……."

숨을 삼켰다. 그 말을 들은 그녀 역시 마찬가지였을지도 모른다.

조금 전까지 읽었던 소설에도 비슷한 장면이 있었다. 한 남자가 자신에게 호의를 베푼 여자에게 구애하는 그런 장면이.

벽 하나만 사이에 둔 건너편에는 드라마 같은 정경이 펼쳐져 있을 것이다. 사실은 소설보다 멋이 없다고 할 수도 있지만, 자신의 모든 것을 내던진 소설 속 주인공의 구애보다 루이가 날린 담백한 고백이 훨씬 낭만적이고 훨씬 멋졌다.

하지만 역시 현실답게, 그녀의 대답은 무자비했다.

"…미안해."

루이에게 고백을 받으면 열에 아홉은 기뻐할 거라고 생각했다. 하지만 그녀는 기뻐하지 않는 한 사람에 속했다.

"역시, 그렇지?"

"미안해. 아리타 군이 좋은 사람인 것도, 신사적인 것도, 인기 있는 것도 알지만 나는 아리타 군과 사귈 수 없어."

"…테루히코가 있어서?"

심장이 멈춘 것 같은 느낌이 들었다. 어째서 내 이름이…?

"그건…….."

"뭐 테루히코는 좋은 놈이니까. 언뜻 보기에는 아야베와 결이 다른 것 같아 보일지 몰라도 테루히코라면 잘할 거야, 나도 개랑 같이 있으면 즐겁거든."

"그건 물론 아니고, 나와 테루히코는 그런 사이가 아니야. 개는 나에 대해 아무 감정이 없을 테니까…….."

"과연 그럴까?"

"나는 단지 테루히코와 함께 있고 싶을 뿐…….."

"그렇대, 테루히코."

그런 루이는 교실 문을 힘껏 열어젖혔다.

"앗!"

"어…?"

그녀에게 하고 싶은 말은 여러 가지가 있지만 의도하지 않은 타이밍에 마주치니 어떤 표정을 지어야 할지, 어떤 말을 해야 할지 생각나지 않았다. 나와 그녀는 어제 옥상에서 지금까지의 관계를 정리했으니까.

"나의 패배다. 그것도 참패야. 테루히코, 나머지는 너에게 달렸어."

"루이, 너는 이러려고 나를 여기로…?"

그는 나에게 윙크를 했다. 정말 언제나 멋있는 녀석이었다.

"입학식 날부터 쭉 아야베를 좋아했어. 그러니까 테루히코, 틈을 보이기만 해봐. 내가 당장이라도 그 기회를 낚아챌 테니까."

루이는 그렇게 말하고 그대로 발길을 돌렸다.

"자, 잠깐! 루이!"

"아니, 듣고 싶지 않아. 입 다물고 지금 네가 할 일을 해."

루이는 뒤도 돌아보지 않고 계단을 내려가버렸다.

결과적으로 나와 그녀만이 이 자리에 남겨졌다. 밖에서 비치는 햇빛만이 실내를 밝히고 있었다.

고개를 숙이고 쭈뼛쭈뼛 손을 맞잡는 그녀.

말을 고르고 골랐지만 내가 가진 어휘 중에서 지금의 상황을 정확하게 표현할 단어가 없었다. 수도꼭지에서 떨어지는 물소리마저 천둥소리처럼 들릴 것 같은 침묵을 깬 것은 그녀였다.

"루이도 대담한 사람이었구나. 저런 이야기를 하고 멋

지게 가버려서 놀랐어."

"나도 놀랐어."

실제로 저렇게 긴장하는 루이를 본 것은 처음이었다.

"그럼 어서 가! 모처럼 일찍 학교가 끝났으니까."

애써 밝게 말하는 그녀.

"아니, 잠깐만. 나도 너에게 할 말이 있어."

엄마가 응원해주고 루이가 이 자리를 만들어줬다. 도망쳐서는 안 된다. 두 사람에게 보답하기 위해서도, 나의 결의를 헛되지 않게 하기 위해서도, 그녀와 마주할 필요가 있었다.

"할 말? 너도 고백이라도 해주려나, 아하하하."

"응, 어쩌면 고백이라고 할 수 있을지도 몰라."

"…?"

"나는 결심했어."

"…어떤 걸?"

"너를 계속 촬영할 거야."

마음이 정해지자 입 밖으로 내뱉는 것은 간단한 일이었다.

"아하하, 무슨 일이야? 아픈 사람은 못 찍는다더니."

"나는 네 덕분에 많은 것을 알게 되었어. 네가 가르쳐준 사진을 찍는 의미도 이제야 진심으로 이해하게 되었고."

나는 말을 계속 이어갔다.

"나는 최고의 사진을 찍고 싶어. 체념하고 담담하게 웃는 모습이 아니라, 네가 진심으로 웃고 있는 사진을 찍고 싶다는 생각이 들었어."

"그렇구나……."

"싫으려나…?"

대답을 주저하는 그녀에게 나는 내 진심을 전했다.

"나는 너를 찍고 싶어."

어쩌면 이 기분은 그 불꽃놀이를 보던 날부터 정해졌을지도 모른다.

"웃는 얼굴을 포함해서, 너의 모든 순간을 내 손으로 담고 싶어. 너랑 있는 시간이 즐겁기 때문이야."

사람과 자주 어울리지 않았던 나에게는 생소한 감정이었지만 그녀와 거리를 두고 나니 비로소 실감할 수 있었다.

그녀의 연락을 기다렸다. 떨어져 있는 시간이 지루하다고 느꼈다. 나는 그녀를 만나 달라졌다.

"나는 너를 찍을 거야. 넌 누구보다도 빛날 수 있어. 어떤 모델이나 배우보다, 훨씬 더. 그러니까 나는 너를 찍고 싶어."

"나는 그렇게 빛날 수 없어."

"빛날 수 있어. 왜냐하면 너는, 여름 밤하늘에 빛나는 베가잖아."

"…아, 나 베가였지."

그녀의 얼굴에 미소가 떠오르기 시작했다.

"자, 그럼 다시 한번 자네를 내 사진작가로 임명하겠어!"

"영광이야."

득의양양하게 고개를 끄덕인 그녀. 하지만 순식간에 진지한 표정을 지으며 말을 이었다.

"조건이 세 개 있어."

"조건? 좋아, 말해봐."

"우선 첫 번째. 내 병을 아는 사람은 한정돼 있고, 적어도 학교 친구 중에는 아는 사람은 없으니 절대로 다른 사람에게 말하지 말아줘."

"그건, 응, 물론이지. 말할 이유가 없지."

"루이 군에게도 말하면 안 돼. 내 얘기를 해도 되는 건 토모코 씨 정도야."

"알았어, 엄마한테만 얘기할게. 두 번째는?"

"응, 두 번째는 말이야, 만약 내가 죽더라도 슬퍼하지 않았으면 좋겠어. 우는 것도 안 돼. 슬퍼할 바에야 죽은 나를 잊어줘."

그녀는 딱 잘라 말했다. 거기에는 그녀의 강한 의지가 느껴졌다.

"…왜?"

죽음을 앞둔 사람의 생각이라고는 생각되지 않았다. 보통은 더 계속 살고 싶다, 다른 사람들이 날 잊지 않았으면 좋겠다, 그런 생각을 하지 않나. 적어도 내가 같은 입장이라면 그녀와 같은 말은 하지 못할 것 같았다.

"의외지? 하지만 남은 사람들 가슴 속에서 계속 살아 있다던가, 그런 거 안 하고 싶어. 모두가 나처럼 많이 웃었으면 좋겠으니까, 슬퍼하는 것은 용서하지 않아. 울어도 되는 건 나를 낳아 이렇게 키워준 아빠와 엄마뿐. 오빠한테도 안 된다고 했어."

"그것참 너답네. 알았어, 그렇게 할게."

"그래, 고마워. 게다가 내가 너의 마음속에 계속 사는 건 몸도 마음도 약해 보이는 너에겐 안 될 일이지."

"그래, 확실히 자기주장이 강한 네가 내 안에 계속 살면 몸을 빼앗길 것 같아. 네가 죽으면 우선 영매사라도 찾아가볼까 해."

"아하하하, 그게 좋겠군, 그렇게 해!"

이렇게 다시 대화할 수 있다는 것이, 기뻤다. 동시에 그녀의 사진작가로서 어깨가 무거웠다.

"그래서 마지막 세 번째는?"

"이건 너를 위한 조건이야."

"무슨 소리야? 나를 위한 조건이라니?"

"후후."

평소와 다른 웃음소리를 흘릴 때 왠지 모르게 아, 이건 안 듣는 게 나을지도, 하는 생각이 들었다. 히죽거리는 소리가 들릴 정도로 그녀는 정말 얄미운 미소를 지으며 말했다.

"나를 좋아하지 마."

그것은 나를 시험하는 것처럼, 또는 애교를 부리는 것처럼 들렸다.

"예전부터 생각했는데……."

"아니! 나는 자의식과잉은 아니야! 자의식이 강하긴 하지만 지나치지는 않거든!"

변명하듯 그녀는 서둘러 말을 이어갔다.

"좋아하게 되면 슬퍼할 게 분명하니까. 안 될 일이지. 그래서 말한 거야. 어디까지나 나와 너는 모델과 사진작가의 관계니까."

그녀는 매우 진지하게 말했다. 나를 놀리려고 하는 말은 아닌 것 같았다.

"그래도 자의식과잉이라는 걸 자각하고 있구나. 뭐 괜찮아. 나랑 너는 사진작가와 모델의 관계야. 그 이상도 이하도 아니고."

내가 동의하자 그녀는 숨을 내쉬며 "고마워."라며 안도했다.

"그럼 오늘은 해산! 실은 빨리 병원에 가야 해. 좀만 늦어도 다들 너무 걱정한다니까. 지금 내 상태가 학교에 오는 것조차 무리라서 그런 것도 있지만."

"그런 말은 진즉 했어야지."

보통이라면 학교에도 다니지 못할 병. 그녀는 그런 병과 마주하고 있다.

"너랑 같이 가고 싶지만 아마 우리 부모님이랑 마주칠 것 같아서. 나는 좋은데, 아무래도 너는 싫겠지?"

"응, 그건 사양할게."

그녀가 걱정되어 따라가고 싶었지만 이성 친구의 부모님께 인사를 드리는 상황은 부담스러웠다.

"그럼 해산이다! 내 연락을 기다리도록!"

"이제 여름방학이라 아르바이트하는 날 말고는 언제라

도 괜찮으니까 연락줘."

"아, 맞다. 피자 배달했었지!"

그녀는 자신의 무릎을 치며 전에 했던 시시한 농담을 또다시 떠올리게 했다. 질리지도 않는 모양이다.

"갈게, 그럼."

그녀의 익살스러운 자세에 아랑곳하지 않고 승강구로 향하자 등 뒤에서 무릎은 왜 굽히고 있는지 안 물어보냐는 유쾌한 목소리가 들려왔다.

*

귀가 후 엄마가 돌아오기를 기다리며 집안일을 하고서 카메라를 손질했다. 목욕을 마치고 나올 무렵, 그녀의 메시지가 도착해 있었다.

평소처럼 발랄한 내용이었지만, 병을 앓고 있어 시간이 없다는 내용이 덧붙여져 있어 어떻게 반응해야 할지 곤란한 메시지였다.

✉ 오늘은 고마워. 하지만 내 사진작가가 된 이상, 열심히 찍어줘야겠어! 내일부터 촬영 시작이야. 아침 여덟 시에 역 앞에서 만나자. 촬영 장소는 이미 정했어. 나는 시간적으로 여유롭지 못하니까 꼭 와줘!

시간적으로 여유롭지 못하다. 그저 현실을 말했을 뿐인 걸까, 아니면 내가 거절하지 못하게 하기 위해 말한 걸까. 나로서는 무시할 수 없는 말이었다. 그녀에게 주어진 시간 동안 나는 최고의 한 장을 찍어야 한다.

그런 생각을 하며 답장을 망설이고 있는 동안, 그녀가 추가로 메시지를 보내왔다.

✉️ 아! 그리고, 가능하다면 오토바이 타고 와줘! 타는 모습 보고 싶으니까.

그러고 보니 이전에 그녀는 오토바이에 관해 얘기했었다. 흔쾌히 같이 타자고 하기엔 위험할 것 같아서 오토바이에 대한 그녀의 관심이 썩 달갑지는 않았지만, ✉️ 알겠어. 라고 답장하고 나는 침대에 누웠다.

생각해보면, 그녀와 함께하며 단조로웠던 일상이 바뀌었다. 시끄러운 게 싫어서 조용히 지내왔던 내가 앞으로 그녀와 함께할 일에 대해 자꾸 생각하게 되는 건, 그녀와의 시간을 기대하고 있기 때문일까.

지금까지의 나로서는 도저히 생각할 수 없는 일이다, 라는 생각을 하며 잠자리에 들었다.

제4장

그녀가 원하는 사진은 슬픔이 섞이지 않은 미소를 찍은 것이라고 생각했다. 그렇다면 내가 해야 할 일은 그녀의 진심 어린 미소를 끌어내는 것이다. 생전에 아빠가 하셨던 것처럼.

그것은 희망을 만드는 일이라고 바꿔 말해도 좋았다.

머릿속으로 이해하고는 있었지만, 그 방법이 떠오르지 않았다. 이는 또 별개의 문제였다.

일단은 그녀의 병을 자세하게 알 필요가 있었다. 아침부터 인터넷으로 그 병에 대해 검색했다. 만약의 경우가 생길 가능성도 있으니까.

"테루히코, 오늘은 꽤 일찍 일어났네."

"아, 볼일이 있어서요."

엄마는 또 투병 다큐멘터리를 보고 계셨다. TV 화면 너머, 침대에 누워 있는 여자아이는 언행이 힘겨워 보였다. 더이상 남의 일이 아니었다.

"카오리 만나러 가는 거구나?"

"네, 맞아요."

"후후, 잘 다녀와. 내 저녁 식사는 신경 안 써도 되니까."

"어, 괜찮아요?"

"그럼, 카오리랑 만나는 거라면. 분명 여기저기 다닐 것 같은데 저녁은 먹고 와야지. 내 밥은 내가 만들어 먹을 거야."

즐겁게 웃는 엄마는 왠지 무언가를 두려워하는 것 같았다. 그러나 나는 아무것도 모르는 척하며 현관으로 향했다.

"그럼 갔다 올게요."

"잘 다녀와. 조심하고."

*

오토바이를 타고 약속 장소에 도착하니 수상한 인물이

시야에 들어왔다. 여름방학 첫날 오전 아홉 시. 이상해 보이는 한 사람을 피하기라도 하듯 모든 사람들이 분주하게 역 앞을 걷고 있었다.

"안녕!"

내가 약속 장소에 도착하자마자, 그 사람은 나를 향해 활기차게 인사했다.

"안녕?"

그 사람은 헬멧을 쓰고 한여름 날 복장이라고는 생각되지 않는 긴 팔, 긴바지에 커다란 배낭을 메고 있었다.

"어때? 이 모습?"

"뭐야 그 꼴은?"

농담으로도 괜찮다는 말이 나오지 않는 모습으로 그녀는 가슴을 펴고 우뚝 서 있었다.

"이렇게 하고 오길 잘한 것 같아. 뭔가 라이더 같잖아. 어때, 잘 어울리지?"

"너 되게 수상해 보여."

"어, 좀 튀는구나?"

일단 이상해 보인다는 건 알고 있는 것 같았다. 그렇다면 왜 그 꼴을 하고 나왔는지 따지고 싶기도 했지만, 그녀에게 그런 설교는 소용없겠지.

"주변 사람들이 다 나를 피해 다니는 것 같았는데, 역시나."

"당연히 그랬겠지."

"그래도 뭐, 모세의 기분을 맛봐서 좋네."

"모세의 기적?"

"맞아, 맞아. 모세는 바다를 갈랐지만 나는 인파를 갈랐어!"

"그런 것도 알고 있다니, 의외로 똑똑하구나."

"…너, 나를 무시하는 것 같다?"

그녀는 놀리는 듯한 내 말투에도 아랑곳하지 않고 웃었다. 대화 내용이 재미있어서가 아니라, 지금 대화하고 있는 것 자체가 즐거워서 짓는 미소가 아닐까. 나에게는 그렇게 느껴졌다.

"자, 가볼까?"

"오늘은 어디로 갈 생각이야? 그 복장의 의미는 뭐고? 설마 나를 놀래주려고 입고 온 건 아닐 테고."

"헬멧은 오토바이를 타기 위해서. 이 복장은 햇볕에 타지 않기 위해서. 그리고 긴 소매에 적합한 장소로 갈 거야. 배낭은 필요한 것을 넣다 보니 이렇게 커졌네."

"피서지에 갔다가 그다음에 갑자기 설국도 가려고? 아

마 이 계절이라면 터널을 빠져나가도 그곳은 설국이 아닐 거야*."

"응? 무슨 말이야?"

그녀는 문학 작품에 대해 잘 알지 못하는 것 같았다. 만약 그녀가 일본 문호에 대해 이런저런 이야기를 했다면 오히려 더 놀랐을 것 같다.

"그래서 결국 어디로 갈 생각이야?"

"그건 비밀. 도착할 때까지 기대해. 네 몫의 짐까지 잘 챙겼으니까 걱정하지 말고."

"그렇게 멀리 가려고?"

"그만 궁금해하고! 내가 길 알려줄 테니까, 우선 오토바이로 달리자."

그녀는 그렇게 말하자마자 내 오토바이 뒷자석에 걸터앉아, "출발! 달려!"라며, 주위의 눈 따위는 신경 쓰지 않고 신나게 떠들었다.

"아니, 이건 2인승 오토바이가 아니라 안 돼. 가더라도 전철을 타자."

---

* 일본 유명 문학 작품, 가와바타 야스나리의 『설국』의 첫 문장 '국경의 긴 터널을 빠져나오자, 눈의 고장이었다.'를 빗대어 이야기한 것이다.

"쳇, 타보고 싶은데."

"안 되는 건 안 돼. 헬멧은 내 오토바이에 매어두면 되니까. 걱정 말고."

나는 주차장에 오토바이를 세우고 그녀의 팔을 잡아당기면서 개찰구로 향했다. 지난번과는 입장이 반대로 된 것에 쓴웃음이 났다.

"그래, 교통카드도 다 써야 하고."

그녀가 준 교통카드 잔액도 아직 남아 있다. 그녀도 그게 생각났는지 내 의견에 동의했다.

"하지만 전철로 가는 건 역시 좀 심심해."

그녀의 말에 탄식을 내뱉는 나.

우리는 전철과 버스를 타고 과일로 유명한 지방의 한 농원에 왔다. 해발고도가 높아서 멀리 있는 바다도 보였고, 한여름인데도 시원하게 느껴져서 기분이 좋았다.

특산물인 포도와 복숭아를 볼 한가득 먹고 있는 그녀를 곁눈질하며 나는 휴대폰으로 현재 위치를 확인했다.

"너도 먹어봐! 진짜 맛있다니까!"

"아니 일단 현재 위치부터 파악하고. 앞으로의 일정을……."

말을 가로막듯이 내 입에 뭔가 달콤한 것이 들어왔다.

"그러니까 일단 먹어보라니까. 이런 맛있는 과일을 앞에 두고 휴대폰이라니, 과일에 대한 예의가 아니잖아."

"어? 뭐야 이거. 진짜 맛있네."

입 안에 들어온 샤인 머스캣은 씹을 때마다 감미로운 여운을 남겼다. 싱싱한 과육은 고급스러운 단맛을 내며 내 혀를 순식간에 사로잡았다.

"내 말이 맞지? 이것도 맛있어."

차례차례 거봉과 청포도 같은 게 눈앞에 놓였고, 그 한 알 한 알이 보석처럼 빛나 보였다. 맛있는 과일을 차례차례 입에 넣는 그녀. 그 행복한 표정은 나의 촬영 의욕을 불타오르게 했다.

틈틈이 과일을 즐기면서 카메라를 준비했다.

"신경 안 써도 되니까 먹는 데 집중해."

"그런 말을 들으니까 오히려 신경 쓰이잖아."

그러면서도 그녀는 과일로 배를 채우고 있었다.

그녀가 포도를 한 알 한 알 먹을 때마다 사진도 한 장씩 늘어갔다.

행복해하는 그녀의 표정을 찍다보니 나도 따라 웃고 있었다.

그녀가 카메라를 뺏어가 내가 먹고 있는 것을 찍거나

점원에게 부탁해 함께 사진을 찍기도 했는데, 계속 여기에 있다간 농원에 있는 모든 포도를 다 먹어치울 것 같았다.

"좋아, 이제 이동할까?"

"어? 더 갈 데가 남았어?"

"물론이지. 여기는 휴식을 위해 들렀을 뿐이야. 목적지는 아직 멀리 있다고."

하지만 그러면 귀가 시간이 늦어진다. 엄마는 집안일은 신경 쓰지 않아도 된다고 했지만 이 이상으로 병원과 멀어지는 건 부담이 됐다.

평소와 다를 것 없는 그녀의 모습에 가끔 잊어버리지만 그녀는 병을 앓고 있다. 그녀의 남은 시간을 함께하는 사람으로서 이 점은 무시할 수 없었다.

"목적지가 궁금하기도 하고, 데려가주고 싶지만 슬슬 돌아가지 않으면 가족들도 병원 사람들도 걱정하지 않을까?"

"뭐 걱정은 할 테지만 그렇게 구속되어 있으면 죽을 때까지 아무것도 못 하고 후회할 거야. 가끔은 괜찮잖아? 그리고 너는 내 편을 들어야 해. 내 응석을 받아주는 사람이 되어줘."

평소 그녀에게서 볼 수 없었던 모습이었다.

"너는 내 사진작가니까 촬영에 적합한 장소로 날 데려가서 이상적인 사진을 찍어주면 돼."

"그래도 역시 연락은 해놔야 해. 늦는다고."

"허락은 받았어. 가족들에게도, 의사 선생님에게도. 그러니까 넌 아무것도 걱정하지 마. 나를 현실로 되돌리는 말도 하지 말고."

자유로운 일상을 보낼 시간이 얼마 남지 않은 그녀에게서 그것을 빼앗는 것은, 나로서는 할 수 없는 일이었다.

"그리고 미리 말해두지만, 나는 오늘 너를 돌려보내지 않을 거야."

"…어?"

"설마 내가 먼저 이런 말을 하게 될 줄이야."

"무슨 말이야?"

"나랑 하룻밤 같이 보내야 한다고."

그녀의 엉뚱한 말에 순간 할 말을 잃었다. 동시에 오늘 아침 엄마의 모습을 떠올렸다. 그러고 보니 엄마는 이미 무언가 알고 있는 듯 몹시 즐겁게 웃고 있었던 것 같다.

"…그랬구나. 너 우리 엄마한테도 미리 얘기한 거구나."

"'이틀간 테루히코 군을 빌려주세요!'라고 했더니 잘 다녀오라고 하시더라."

그녀는 그때의 일을 떠올리고 있는지 즐겁게 웃고 있었다. 분명 엄마도 그녀에게 그런 말을 들었을 때 똑같이 웃고 있었을 것이다. 둘은 어딘가 닮았으니까.

"그러니까 지금 나를 걱정할 필요는 없다는 거야. 지금의 나를 말릴 수 있는 건 나의 병과 하늘에 계신 하느님 정도니까 신경 쓰지 않아도 돼."

"신경 쓰이는 두 가지를 잘도 꼽았네."

"날 멈추게 하지 말라고 몸에는 말해뒀으니까 괜찮아. 게다가 하느님 따위는 원래 믿지 않고. 만일 하느님이 있다고 해도 병에 걸릴 운명을 만든 사람의 말은 들을 이유가 없지. 누구라도 싫어하는 사람 말은 안 들잖아."

"사회인이 되면 잘 맞지 않는 상사도 만날 텐데 그러면 싫어도 따를 수밖에 없지 않나?"

"아닌데? 내 의견을 말하고 설득할 거야."

"너답구나."

"과장님, 분명 제 말이 옳아요!"

"집으로 돌아가 자신의 신념을 지키시고, 내일부터는 나오지 않으셔도 됩니다."

"아하하하! 현실은 냉엄하네."

그 후 우리는 다시 버스에 올랐다. 정신을 차려보니 해가 지고 있었고 달리는 산길 너머로 어떤 시설이 보였다. 그 시설과 가까워질수록 독특한 냄새가 코를 찔렀다. 익숙한 냄새, 온천이었다. 그녀는 이 훌륭한 료칸*에 묵으려는 것일까.

"안녕하세요. 아니 벌써 어둑어둑해졌네요~?"

그녀가 씩씩하게 말하자 여주인은 아주 정중하게 맞이해주었다.

"온천만 이용할 수도 있나요?"

"네. 근방에 거주하시는 고객들은 종종 온천욕을 목적으로 이용하기도 합니다."

"땀도 나고 해서 여기 온천에 들어갈까 하는데, 괜찮지?"

"온천욕만 하게?"

"숙박은 다른 곳에서!"

별다른 계획이 있었던 건 아닌 모양이었다. 내가 수긍하자 그녀가 살짝 놀란 듯이 미소 지었다.

---

* 일본식 고급 숙박 시설이다.

"아직 손님이 없는 시간대인가 보네."

"다행이야. 다른 사람이 없어서 혼자 편하게 즐길 수 있겠어."

"후후. 모처럼인데 같이 탕에 들어가는 건 어떠신가?"

"…너 내 말 듣고 있었어? 혼자 하는 게 편하다니까. 게다가 같이 들어가자니, 무슨 말도 안 되는 소리야."

"평소 사진 찍어주는 답례로 샤워 가운 차림 정도는 찍게 해줄까 했는데."

"말이 되는 소리를 하라고. 너 바보야?"

"농담이야, 농담."

우리는 각자 온천에 들어가기로 했다. 따뜻한 물에 들어가 앉아 산뜻한 공기를 마시며 자연과 어우러지는 편안함을 맛볼 수 있는 노천탕이, 실내 목욕탕만 가끔 이용했던 나에게는 매력적으로 느껴졌다.

몸을 씻고 난 후 노천탕으로 연결되는 문을 곧바로 열었다. 그런데 그녀의 한마디로 분위기가 깨져버렸다.

"저기 테루히코~ 내 목소리 들려?"

그녀는 남탕과 여탕을 구분하고 있는 벽 너머에서 대화를 시도하고 있었다.

"안 들리는 거야?"

"…남들 들으면 부끄러우니까 좀 조용히 해줘."

"뭐야, 들리잖아!"

"잘 들리니까 목소리 좀 낮춰달라고."

"왜?"

"부끄럽다니까."

"뭐 어때, 이쪽에는 아무도 없는데."

"내 쪽에 다른 사람이 있었으면 어떡하려고."

"그럼 부끄러운 것은 너뿐이니까 괜찮지 않아?"

"이 자식이?"라고 말하고 싶었지만 꾹 참았다.

분명 그녀 성격에 그런 말을 들으면 "나는 너의 자식이 아니야!"라고 맞받아칠 것 같았다.

"나 지금 발가벗고 있어."

그녀의 말을 듣고 찰나지만 그 모습을 상상해버렸다. 내가 대답이 없자 그녀는 더욱 짓궂게 말하기 시작했다.

"어어? 상상해버렸어? 후후, 지금이라면 아직 늦지 않았어. 이런 기회가 흔치 않으니까, 같이 탕에 들어가는 건 어때?"

"아, 미안. 잠수하고 있어서 무슨 말인지 못 알아들었어."

"다시 처음부터 말해야 하나."

"별로 시답지 않은 말이었을 테니 얘기 안 해줘도 돼. 너는 항상 뭔가를 얘기해야만 하는 거야? 조용히 이 고급스러운 온천을 즐기자."

"네가 하고 싶은 말은 뭔지 알겠고, 나도 이곳이 좋은 온천이라고 생각하지만, 네가 그쪽에 있다고 생각하면 괜히 말 걸고 싶어져. 나에게 이런 시간은 얼마 남지 않았으니까 할 수만 있다면 계속 얘기하고 싶어."

무거운 공기에 짓눌려 나는 아무 말도 할 수 없었다. 나도 모르게 그녀의 말에 설득될 것 같았다.

"그러니까 말이야."

"응."

"같이 탕에 들어가는 건 어때?"

"이젠 입 좀 다물어주지 않을래?"

한 번이라도 진지하게 얘기를 들어주려고 했던 나의 순수한 마음을 돌려줬으면 좋겠다고 생각했다.

탕에서 나와 옷을 갈아입고 돌아오자 그녀는 벌렁 소파에 누워 있었고, 앞에 있는 책상 위에 빈 병이 세 개나 나뒹굴고 있었다.

"한 번에 세 병이나 마셨어?"

"이야, 온천에서 갓 나와서 마시는 커피 우유는 왜 이렇게 맛있을까. 덕분에 배부르다."

나도 커피 우유를 사서 그녀의 맞은편에 앉았다. 그러고 나서 한 입 머금고 입안에서 굴리듯 맛을 봤다. 과연, 확실히 맛있었다. 평소에는 목욕탕에 몸을 녹이러 가는 거라 따뜻해진 몸을 굳이 식히고 싶지 않아 마셔본 적은 없지만, 지금 마셔보니 어느 온천에나 유제품 음료가 놓여 있는 이유를 알 것 같았다.

그녀의 판단이 옳았다. 여행에는 여러 가지 경험이 필수라는 것을 배웠다.

"너도 잘 마시네."

"너랑 같이 있다 보니 맛있는 것을 많이 먹게 되는 것 같아."

"나를 식탐이 많은 사람이라고 생각하는구나?"

"아니야?"

"그런 말을 하다니 너무해."

"아냐, 그래도 하고 싶은 건 고집을 부려서라도 해보는 건 좋은 거야."

"좋은 거 맞지?"

"적당히 타협해야 살기 좋은 세상이긴 하지만."

"그래서 나는 너보다 일찍 죽는구나."

"…그렇게 말하면 뭐라고 해야 좋을지 모르겠어. 아픈 걸 무기로 하는 건 그만두자. 치사하잖아."

이야기는 끝이라는 듯이 그녀는 일어섰다. 여주인에게 머리 숙여 감사 인사를 하는 그녀의 모습을 사진에 담았다.

"그럼 얼마 안 남았으니까 힘내자!"

나는 이미 피로감을 느끼기 시작했지만 여기까지 왔으니 끝까지 가보자는 마음이 들었다. 나도 그녀를 따라 발걸음을 옮겼다.

저물어가는 오렌지색의 하늘을 보며 우리는 좁은 산길을 서둘러 올라갔다.

버스가 끊겨서 목적지까지 도보로 가야 했다. 버스가 오지 않는다고 그녀에게 말했지만 별다른 대답이 돌아오지 않았기에 더는 묻지 않았다.

"아직 멀었어?"

길이 잘 정비되어 있어 산길이라 해도 이동에 어려움은 없었지만, 해가 떨어질 때까지 목적지에 도착할 수 있을지 걱정됐다. 밤에 산길을 걷는 건 위험할 것 같았다.

"거의 다 왔어."

"거의 다 온 거면 괜찮지만… 확실히 기분이 좋네."

지도 앱을 보며 길 안내를 하는 그녀의 말에 동의했다.

여름이라고 해도 해 질 녘의 산길은 선선했다. 피부를 어루만지는 바람, 게다가 도시에서는 느낄 수 없는 맑은 공기가 지친 우리를 움직이게 했다.

"봐봐."

산 중턱 탁 트인 곳에 도착하니 나뭇결이 인상적인 통나무 산장이 있었다.

"오늘은 여기서 묵을 거야! 예전에 예약했어. 어제까지 같이 올 사람을 못 정했었지만."

역시 그녀다웠다. 동행인을 찾지 못했더라도, 주위의 어른들이 곤란해하더라도 어떻게든 여기에 오려고 했을 것이다.

"용의주도하다고 해야 할지, 계획성이 없다고 해야 할지……. 그래도 다행이야. 나는 이 산속에서 침낭으로 하룻밤 보내는 건 아닌지 걱정하고 있었으니까."

"나도 그 정도는 아니라고? 아프지 않았다면 텐트 같은 걸 준비했을지도 모르지만."

"너는 몸이 아파서 보통 사람과 같은 선택을 하는구나. 캠핑 같은 건 등산 전문가나 매니아 같은 사람들만 즐겨도 돼."

"그러면 거기에 아픈 미소녀도 추가해줘."

그렇게 말하면서, 그녀는 재빨리 통나무 산장 쪽으로 달려갔다. 병이 그녀의 일상에 제약을 주지만 그녀의 자유로운 본성까지는 바꿀 수 없는 건지도 몰랐다.

"꽤 좋은 장소네."

산장은 청결했고 생각보다 넓었다. 화장실과 주방이 있고, 냉장고도 구비되어 있었다. 조금 내려가면 온천이 있다. 침대는 없지만 이 정도면 훌륭한 숙박 시설이었다.

"오자마자 뭐 해?"

"일단 식재료를 냉장고에 넣으려고."

그녀는 자신의 커다란 배낭에서 식재료를 꺼내 부지런히 냉장고로 옮겼다.

"여기 오기 전에 이것저것 사 왔어. 괜찮아, 이 가방 보랭은 완벽하니까 안심해도 좋아."

"그거 때문이 아니고, 웬 식재료야?"

"주방이 있다고 미리 들어서 너랑 같이 요리해보고 싶었거든."

"혹시 우리 엄마가 추천했어?"

우리 엄마는 내 편인가, 그녀 편인가. 분명 "재미있을 것 같네."라고 말하며, 기꺼이 그녀의 편에 섰을 것이다.

"응, 토모코 씨한테 들었어. 네 요리는 일품이래."

"역시 엄마였어."

"참고로 너에게 거부권은 없어. 네가 만들어주지 않으면 오늘 저녁은 거를 거야. 나도 도와줄 테니까 같이 만들자. 같이 만들면 분명 즐거울 거야!"

그녀는 항상 예상치 못한 말을 한다. 하지만 그녀의 미소를 끌어낼 수 있다면 그렇게 해도 좋을 것 같았다.

"그래, 기왕 여기까지 온 김에 한 번 만들어볼까?"

"역시 요리 잘하는 사람은 다르네!"

그녀는 매우 만족스러워 보였다.

그러고 보니 가족 외의 누군가와 함께 요리하는 건 처음인지도 모른다.

"그래서 뭘 만들고 싶은데?"

"이런 데서 만들 수 있는 게 뭐가 있겠어?"

"나야 모르지……."

"참 뭘 모르네! 당연히 카레지!"

답은 정해져 있는 듯했다. 카레는 재료가 한정적이어도 쉽게 만들 수 있는 음식이니까 틀린 말은 아닌 것 같았다.

활짝 열린 냉장고 안에는 하루만 머물 예정이라는 게 믿기지 않을 정도로 많은 양의 식재료가 들어 있었다. 채소와 닭고기, 심지어 다양한 종류의 조미료까지 갖추어져 있었다.

"이걸 다 가져오다니……."

"대단하지. 조미료는 가볍기도 하고 뭘 쓸지 몰라서 파는 건 거의 다 사 왔어. 어차피 쌀이 무거워서 다른 건 많이 가져오지도 못했고. 마음대로 사용해도 좋아."

"가방이 무거워 보였던 건 쌀 때문이었구나."

"알았으면 좀 들어줬어야지!"

"어쩔 수 없었어. 나는 너라는 짐을 여기까지 운반해야 했으니까."

"아하하하, 그건 그렇네!"

이야기하는 동안에도 나는 진열된 음식 재료를 훑었는데, 중요한 한 가지가 빠진 것을 깨달았다.

"그런데 말이야."

"응? 뭐 부족한 거라도 있어?"

"카레 가루는 혹시 깜빡했어?"

"…설마, 그럴 리가 없어! 카레만 기대하고 있었는데 내가 그걸 빠트렸을 리가. 아하하……."

그녀의 목소리가 점점 작아졌다. 아무래도 정말 잊어버린 것 같다.

"잠깐만 기다려! 지금 바로 사 올게!"

"아니, 기다려봐. 너무 멀어. 게다가 밤이라 위험하기도 하고."

그냥 뒀다가는 그녀가 정말로 이 밤에 산을 내려가 카레 가루를 사 올 것 같았다. 일단 여기에 있는 재료로 만들어 보기로 했다.

"좋아, 카레 가루가 없어도 일단 조미료 이것저것 섞어 보면 만들 수 있을 거야. 조금 시간이 걸릴 수도 있지만 그래도 괜찮다면 말이지. 다행히 조미료와 향신료는 많이 있으니까."

"진짜? 테루히코는 카레 가루부터 만들 수 있는 거야?"

"너무 기대하지는 말고."

"사실 카레 가루가 없어도 되는 거 알고 안 가져 온 거야."

"네 저녁 식사가 향신료 국이 될 수도 있거든?"

"미안, 진심으로 반성 중이야."

일단은 양파를 곱게 다지고 마늘과 생강을 약간 갈아 두었다. 고기도 적당한 크기로 썰어 놓고 닭 껍질도 벗겨 놓았다.

"카레인데 마늘과 생강을 써?"

"원래 들어가. 시판 카레에도 아마 들어 있을걸?"

그녀는 잠자코 내 손을 바라보고 있다. 하지만 시선만으로도 생각보다 긴장하게 됐다. 지금만큼은 평소처럼 혼자서 떠들고 놀고 있으면 좋겠다는 생각이 들 정도였다.

"음, 너는 그럼 쌀을 씻어서 밥을 안쳐줄래?"

그녀는 순순히 쌀을 씻기 시작했고 나는 요리를 이어갔다. 식용유를 두른 팬에 방금 자른 양파를 투하했다. 거기에 소금을 뿌리고 계속 볶았다.

"이제 막 양파를 넣었는데 벌써 간을 맞춰?"

역시 요리 과정이 신경 쓰이는 것 같았다. 그녀는 쌀을 씻는 것보다 내 요리에 더 관심이 많아 보였다. 말 그대로 쌀을 씻고는 있지만, 정작 쌀은 안중에도 없어 보였다.

"아니, 이건 양파의 수분을 날리기 위해서야. 이렇게 하면 빨리 볶아지거든."

"이야, 뭔가 시골 할머니 같네!"

"의외겠지만, 나는 너랑 동갑이야."

양파가 적당히 익은 후 마늘과 생강을 팬에 넣었다. 다시 적당히 볶은 후 반으로 자른 토마토와 케첩을 적당량 넣고 섞었다. 거기에 여러 향신료를 혼합해 수분이 없어질 때까지 계속 볶았다. 고소한 냄새가 허기진 우리를 자극했다.

"맛 좀 볼래?"

"응! 아, 아니 괜찮아!"

눈동자를 반짝이며 이쪽을 돌아본 그녀였지만, 프라이팬의 내용물을 보고 금세 시큰둥한 얼굴을 했다.

"뭐야, 이 지저분한 건?"

"지저분하다고 하지 마. 곧 카레가 될 거니까."

그녀는 살짝 망설이다가 맛을 보았다.

"대박, 진짜 카레 맛 난다. 좀 짠데 그래도 맛있어!"

"다행이다. 그게 카레 가루는 아니지만, 비슷한 역할을 해줄 거야."

"지금 날 기미 상궁으로 쓴 거야?"

"…너는 밥 짓는 거에 집중해줘."

"아! 완전히 잊고 있었다!"

그러는 사이, 카레가 완성되어갔다. 향신료를 섞어 만든 카레에 썰어 놓은 닭고기와 물을 넣고 끓였다. 부글부글 끓어오르는 카레는 마치 마그마처럼 보이기도 했다.

"오! 카레가 마그마 같아!"

"…나랑 같은 생각하지 말아줄래?"

"후후, 같은 생각을 하고 있었구나."

내가 어이없다는 표정을 지어도 그녀는 전혀 신경 쓰

는 기색 없이 싱글벙글 웃었다

"밥 다 안쳤으면 카레 좀 봐줘."

"응, 알았어."

대답은 그렇게 했지만, 그녀는 시선만 카레에 고정한 채 전혀 젓고 있지 않았다. 타지 않게 봐달라는 의미로 말했는데, 그녀는 너무 말을 있는 그대로 받아들이는 것 같았다.

"뭐 하는 거야?"

"응? 시키는 대로 카레를 보고 있는데?"

"타지 않도록 가끔 저어가며 봐달라는 뜻으로 말한 거였는데."

"뭐야, 그럼 처음부터 그렇게 말해줘."

그녀가 요리하는 모습을 볼 기회는 흔치 않을 것 같아서 그녀의 모습을 꼭 사진에 담아두고 싶었다.

카메라를 잡고 초점을 맞췄다.

그녀는 매우 진지하게 카레가 타지 않도록 국자로 젓고 있었기 때문에 카메라에 찍히고 있다는 것을 깨닫지 못한 것 같았다. 나는 기회 삼아 한 장 더 찍었다.

"어, 지금 나 찍는 거야?"

셔터 소리를 들은 그녀는 이번에는 내가 말없이 찍은

것에 대해 불만을 털어놓지는 않았다.

"네가 요리하는 모습은 처음 봐서."

"지금 카레 젓느라 자세는 못 잡는데?"

"너의 그 얼빠진 모습을 찍고 싶으니까 그냥 자연스럽게 카레를 바라보고 있으면 돼."

"얼빠진 모습이라니, 너 가끔 나한테 엄청 못되게 말하는 경향이 있어. 왜 그래? 좋아하는 여자애 괴롭히는 초등학생 같은 느낌이야. 어, 그렇게 생각하니 또 살짝 쑥스럽네."

카레는 대충 젓는 둥 마는 둥 하며 잘도 대답했다.

"너는 좀 유쾌한 망상을 하는 경향이 있어. 미안한데, 카레가 타버려도 다시 만들진 않을 거야."

"아! 맞다, 카레!"

그녀는 이번에야말로 카레에 집중했고 나는 몇 장 더 찍고 카메라를 놓았다.

이제 내가 할 일은 카레를 완성하는 것뿐이었다. 그렇다고 해도, 카레에 넣을 재료를 볶아서 추가하는 정도지만 말이다.

이번에는 직접 만드는 카레이니만큼 빨강, 노랑 파프리카에 강낭콩, 그리고 가지 등을 넣어, 살짝 멋을 낸 카레를 만들고 싶었다.

"싫어하는 음식은 없지?"

"내가 싫어하는 음식은 카레라이스!"

"…그냥 밥이랑 후쿠진즈케*만 먹고 싶다는 얘기지? 알았어."

"농담, 농담이야! 미안해! 나 카레 진짜 좋아해!"

"거짓말은 어렵게 쌓은 신뢰도를 깎아먹는다고. 그러니까 생각 없이 그렇게 말하면 안 돼."

"좋은 말이네. 그럼 아까의 미안하다는 말은 취소할게!"

"그럼 역시 너의 저녁 메뉴는 후쿠진즈케인걸로."

"뭐야, 짓궂어."

"그래서, 싫어하는 건?"

"짓궂은 사람."

"다음에 또 까불면 네 밥이랑 후쿠진즈케의 비율을 거꾸로 할 거야."

"싫어하는 건 딱히 없어!"

그녀의 말을 듣고 나는 몇 가지 채소들을 더 넣었다.

---

*일본에서 일반적으로 카레에 곁들여 먹는 절임 반찬이다. 무, 가지, 작두콩, 연근, 오이, 차조기 열매, 표고버섯 또는 흰색 참깨 등 7종의 채소를 간장과 설탕과 일본 맛술로 만든 조미액에 담가서 만든다.

"재료는 대충 내 취향대로 넣을게."

"응, 좋아. 기대하고 있어. 이 냄새는… 맛있을 게 분명해."

그녀의 말처럼 이미 산장 안에는 카레 향이 가득해 우리들의 허기를 더욱 자극했다.

"맛 좀 볼래?"

"오! 좋아!"

직후, 내가 기대하고 있던 것보다 훨씬 큰 소리로 "맛있어!"라고 대답했기 때문에 한시름 놓았다.

"항상 간 볼 때가 왠지 더 맛있게 느껴지는 것 같아!"

"그건 나도 동의해. 예전에는 간을 보기 위해 엄마가 요리하실 때 도와드렸을 정도야."

"그런 경험이 쌓여 이 맛을 내는 거구나. 내 아이도 테루히코 같으면 좋을 것 같아."

"너 같은 엄마는 사양할게."

"나랑 토모코 씨랑 많이 닮은 것 같은데?"

"…이제 밥 먹을까?"

"이것 봐! 또 말 돌렸어!"

나도 몇 번이나 엄마와 그녀가 닮았다고 생각한 적이 있다. 정곡을 찔렸다는 것을 들키고 싶지 않아서 나는 서

둘러 말을 돌렸다. 불만이 있어 보였지만 그녀는 일단 식사를 위해 자리에 앉았다.

"어서 먹어봐."

"와! 대단해! 우쭐할 걸 생각하면 살짝 얄밉게도 느껴지지만, 정말 대단해. 맛있어 보여!"

내친김에 카레를 만들고 남은 채소와 바싹하게 구운 닭 껍질을 활용해 샐러드도 만들었다. 손수 제작한 드레싱을 샐러드에 뿌리고 빨간색과 노란색 파프리카가 들어가 더욱 맛있어 보이는 카레와 그녀가 지은 밥을 접시에 담았다.

"이건 딱 보기에도 전문 레스토랑 수준이네. 테루히코, 요리 잘하는 캐릭터로 밀고 가면 인기남이 될 수 있지 않을까? 요즘 그런 남자가 대세잖아."

"나는 연애보다 카메라를 보고 있는 게 더 좋아."

"연애는 해본 적도 없다더니, 카메라가 더 좋을지 연애가 더 좋을지 어떻게 알아!"

"괜찮아, 그런 거에 관심 없어."

"뭐, 넌 내가 있으니까."

"그게 무슨 뜻이야?"

"잘 먹겠습니다!"

아까 말을 돌린 나에게 복수라도 하는 듯이 이번엔 그녀가 말을 돌렸다. 계속 캐물을 일도 아니라는 생각이 들어 별로 신경 쓰지 않기로 했다.

그녀는 한입 크게 카레를 먹자마자 큰 소리로 감탄했다. 만든 보람이 있었다.

"음."

맛을 보니 내 인생 최고로 잘 만든 카레라고 해도 될 것 같았다.

그동안 그녀와 함께한 시간 중에서도 식사 시간을 좋아하는 편이다. 그녀의 반응이 좋은 것도 있지만, 식사 중에는 그녀가 의외로 조용해서 나도 차분한 기분으로 요리를 맛볼 수 있기 때문이다.

그러나 생각해보면 그녀의 질문 공격을 피해 잠깐 숨을 돌릴 수 있는 식사 시간을 좋아한다니, 육식동물이 먹이에 정신을 팔린 동안 열심히 도망치는 초식동물이 생각이 들어 나 자신이 한심하게 느껴지기도 했다.

결국, 식사를 마칠 때까지 알맹이 있는 대화는 나누지 않았다.

"이런 거 매일 먹을 수 있다면 나 너희 집 딸이 될 거야!"라는 일방적인 결심을 알맹이 있는 대화라고 할 수 없어서이기도 했다.

식사를 마치고 간단하게 정리도 끝낸 후 우리는 산장 밖으로 나왔다.

"쌀쌀하네."

"시원하다고 해야 하나…? 아냐, 역시 좀 쌀쌀해."

팔짱을 끼고 몸을 떨자 그녀가 히죽거리며 나를 보며 말했다.

"너는 아픈 나보다 어째 더 연약한 것 같아."

"너만 긴 팔을 입고 있으면서 그런… 그리고 네가 아픈 사람치고 너무 씩씩한 거라고."

그녀가 처음부터 긴 팔을 입고 왔던 건 산속의 차가운 밤공기를 대비한 것일까. 묘하게 계획성이 있는 부분이 의외였다.

"이건 벌레 때문이야. 모기 같은 거에 물리면 좋지 않으니까."

"아, 그렇구나."

그건 어쩔 수 없는 일이었다. 혈액병이 있으면 모기같이 작은 벌레도 경계해야 한다.

"짜잔!"

그녀는 등에 감추고 있던 것을 내게 건넸다.

"이게 뭐야?"

"에헤헤, 기억나?"

그녀가 건네준 것은 이전에 같이 쇼핑했을 때 샀던 남성복이었다. 당시에는 오빠에게 줄 선물인가 싶어서 별생각 없었는데, 설마 이날을 위해서였다니.

"혹시 오늘을 위해서 그때…?"

"맞아! 분명히 산속은 추울 거라고 생각했거든. 어때, 나의 완벽한 준비에 놀랐지?"

그 말은, 그녀는 꽤 오래전부터 나와 여기에 오기로 계획하고 있었다는 것이 된다.

"그리고……."

"…?"

"너희 엄마, 토모코 씨는 매우 예쁜 분이니까 너도 패션만 좀 바꾸면 멋지지 않을까 싶어서."

"엄마가 동안이긴 하지만 매우 예쁜 것까지는 아니지 않아?"

그녀가 건네준 옷은 카페에서 독서하는 사람이 즐겨 입을 듯한, 차분하면서도 세련되어 보이는 재킷에 슬랙스였다. 나는 한번도 입어본 적 없는 패션이었다.

"입어줄 거지?"

밤의 산속은 추우니까 어쩔 수 없이 그녀의 부탁을 들어주기로 했다.

"모처럼 준비해줬으니까 입을게."

"어, 정말로? 해냈다!"

산장으로 돌아가서 그녀가 준 옷을 바라보았다. 천천히 숨을 내쉬고 옷을 갈아입은 뒤, 부끄러움 따위는 전혀 느끼지 않는다는 듯 새침한 표정으로 그녀에게 돌아갔다.

"좋잖아! 여태 보여준 패션보다 훨씬 잘 어울려!"

"내가 지금까지 입은 옷을 전부 부정하네."

"다음에는 괜히 한 번씩 말꼬리 잡는 버릇도 고쳐줘야겠네."

"큰일이야."

"너의 고집과 나의 병, 어느 쪽이 먼저 낫느냐 승부다!"

그런 농담인지 진심인지 헤아릴 수 없는 말을 해 나를 곤란하게 해놓고, 그녀는 꽤 즐거운 듯이 웃고 있었다.

"그럼 이제 마지막 목적지로 가자."

"어? 이 산장이 최종 목적지가 아니야?"

"그럴 리가. 일부러 여기까지 와서 산장에만 머물러 있으면 아쉽잖아. 나한텐 다 계획이 있다고."

그녀는 산장에 비치된 침낭을 두 개 챙기고선 발걸음

을 옮겼다.

"금방이야. 바로 근처니까."

그렇게 산장의 불빛이 보이지 않는 곳까지 걸어가 적당한 곳에 침낭을 깔았다.

어둑어둑한 밤. 어렴풋이 보이는 그녀의 옆모습과 우리를 감싸듯 늘어선 나무들, 그리고 끝없이 이어진 별하늘이 보였다.

"…멋있다."

나도 모르게 감탄이 터져 나왔다.

구름 한 조각 없는 밤하늘에 수많은 별이 빛나고 있었다. 이전에 배운 여름의 대삼각형은 강한 빛을 발했기 때문에 금방 발견할 수 있었다. 그리고 은하수도 보였다. 그때 천체투영관에서 본 것과 비교할 수 없을 정도로 웅장하고 아름다웠다.

"이렇게 별이 쏟아질 것 같은 하늘이라니……."

"응, 이게 내가 좋아하는 밤하늘이야."

예전부터 계속 궁금하긴 했지만, 묻지 못했던 것이 생각났다. 그 궁금증을 해소하기에는 최적의 타이밍이라고 생각해 주저 없이 물어보았다.

"너는 왜 천문 동아리에 들어갔어? 그리고 별을 좋아

하게 된 계기가 뭐야?"

"그러고 보니 말을 안 했네. 친구들 앞에선 항상 대충 얼버무리고 넘어갔는데 너니까 말해줄게."

그녀는 스스로 무언가 다짐하는 듯 고개를 끄덕이고 나서 이야기를 이어갔다.

"중학생 때 병에 걸렸다는 걸 알게 됐고, 공포에 짓눌려 있던 시기가 있었어."

그녀에게도 그런 때가 있었구나 하고 조금 놀랐다. 하지만 굳이 말로 표현하지는 않았다.

"그런 내 모습을 보다 못한 부모님이 여기로 데려왔어."

들뜬 어조로 그녀가 말을 이었다.

"그때 깨닫게 된 거야! 이 병은 별거 아니게 느껴질 정도로 별들이 대단하다고. 그래서 나도 이 별의 일부가 되었으면 좋겠다고 생각하게 되었고, 조사하다 보니 나와 베가는 비슷하다는 것을 알았어. 그게 별을 좋아하게 된 이유야."

"그랬구나……."

"게다가 별은 예쁘니까."

단순한 이유였지만 두려움에 짓눌리지 않고 예쁘니까 좋다고 말할 수 있게 되었다면, 그것으로 됐다고 생각했다.

그녀가 별들에 매료되어 관측자가 되려고 했던 마음을 이해할 수 있었다. 이 밤하늘은 그녀와 만나기 전까지는 전혀 흥미가 없었던 나도 매료시켰으니까.

"이게 내가 보고 싶었던 거야."

"그렇구나."

"그리고 너에게도 보여주고 싶었어."

"…그렇구나."

그녀가 별이 되고 싶다고 생각한 이유는 알았다. 아니, 알아버렸다.

"별이 참 예쁘지?"

"응."

침낭 안에 누워 대자연에 몸을 맡기고 웅장한 밤하늘을 바라보니 허공에 떠 있는 듯한 느낌에 빠졌다.

"여기 온 보람이 있네."

"삼각대도 안 갖고 왔고, 이 밤하늘을 내가 보는 그대로 찍을 수 없다는 게 아쉽네."

파인더를 통해 보이는 하늘은 내가 눈으로 보고 있는 경치를 그대로 담아내지 못했다.

"네 머릿속에는 카메라만 있구나."

그녀가 웃었다. 시선을 그쪽으로 돌려보지만 어두워서

옆모습이 잘 보이지 않았다.

"물론 사진을 찍을 때는 너한테 집중하고 있어."

이런 이야기를 나누는 동안, 밤하늘에 별똥별 하나가 순식간에 떨어졌다. 그 뒤를 따르듯이 하나둘 떨어지는 수가 늘어갔다.

"저기 봐, 별똥별이야!"

그녀의 흥분 섞인 목소리에 귀를 기울이면서, 나는 눈앞의 절경을 보았다.

마치 비처럼 떨어져 내리는 별똥별의 반짝임은 우리의 시선을 사로잡았다.

"…멋있지?"

"응. 이렇게 아름다운 경치는 지금까지 본 적이 없어."

그녀와 나는 함께 감탄했다.

"별똥별에 같은 소원을 세 번 빌면 이뤄진다는 게 사실일까?"

그녀가 말했다.

"만약 그게 사실이라도 이렇게 짧은 시간에 세 번씩이나 빌다니, 역시 불가능하지."

"짧은 시간에 세 번이나 빌 수 있을 만큼 간절하게, 항상 바라고 있는 사람이니까 이루어지는 거야."

"과연, 멋진 말을 하는군."

"별에 관한 이야기니까."

득의양양한 그녀의 옆모습을 잠시 보곤, 고개를 돌려 세 번 빌었다. 그녀의 병이 낫기를. 그녀는 어떤 소원을 빌었을까.

"의외로 별은 많은 색을 가지고 있다고 생각하지 않아?"

"맞아, 밤하늘이 이렇게 선명할 줄은 몰랐어."

"그건 별의 수명과 관련이 있대. 지금은 인생에서 가장 빛나기 때문에 금빛으로 빛나기도 하고, 가장 화났을 때는 붉게 빛나기도 하고, 가장 슬퍼할 때는 푸르게 빛나기도 하는 거지. 멋지다고 생각하지 않아?"

지금까지는 감정에 기민한 그녀답게 그렇게 비유하고 있을 뿐이라고 생각했다. 하지만 그것만은 아니었던 것이다. 그녀는 진심으로 별이 되고 싶어서, 빛나고 싶어서, 동경하는 마음에서 그렇게 말하고 있었다.

"분명히 너라서 그런 생각이 드는 거야. 나에겐 그렇게 보이지 않는걸. 분명 내가 별이 될 수 있다고 해도 저렇게 아름답게 빛날 수는 없어. 아마 육등성이겠지."

"육등성도 좋잖아. 제대로 하늘 어딘가에서 빛나고 있으니까."

"그렇다고 해도, 나는 너 같은 일등성의 빛에 묻힐 것 같아."

그녀는 내가 최후의 등불이라 특별한 빛을 내고 있다고 익살스럽게 말했다. 그러고는 별이 빛나는 하늘로 눈길을 돌린 채 말을 이었다.

"난 기쁜 일도 슬픈 일도 저런 별빛처럼 예쁘게 남길 수 있었으면 좋겠어. 저렇게 아름답게 빛날 수 있다면 그건 정말 멋진 일인 것 같아."

아, 그렇구나.

그래서 그녀는 항상 최선을 다해 하루를 보내고, 그 결과 저렇게 빛나는 미소를 지을 수가 있구나. 교실에서 친구와 떠들 때도, 뭔가를 먹고 있을 때도, 내 말에 크게 반응할 때도, 그리고 사진을 찍고 있을 때도.

"지금 우리가 보고 있는 별의 모습은 훨씬 예전의 모습이라고 말했었지? 그러니까……."

'네가 사라진 뒤에도 지금의 모습으로 기억되고 싶다는 거야?'

나오려던 뒤의 말은 황급히 삼켰다. 바보 같은 생각이지만, 지금 이 말을 해버리면 그녀가 정말 별이 되어버릴 것 같은 기분이 들었다. 우리를 삼킬 것 같이 무수한 별이, 그런 착각을 불러일으켰을지도 모르겠다.

그녀의 표정은 여전히 잘 보이지 않았지만, 왠지 모르게 미소를 띤 것 같았다.

"내가 사라진 뒤에도 살아가는 사람들에게 내 마음이 예쁘게 전달됐으면 좋겠어. '아야베 카오리'라는 사람이 있었지, 하고. 그러다 보니 최선을 다해 살자고 생각하게 됐어. 나중에 봤을 때 부끄럽지 않게 말이야."

이것이야말로 그녀의 웃는 얼굴의 근원이었다. 항상 웃는 얼굴로 있는 이유.

"너는 훌륭하구나."

진심으로 그렇게 생각했다. 그녀의 올곧은 삶이 내게는 훌륭해 보였다.

"오, 네가 칭찬을 다 하다니 보기 드문 일이네."

"정말로 그렇게 생각하니까 한 말이야."

"참, 네 좌우명은 뭐였지? 인간사…?"

"인간만사 새옹지마야."

이 얘기를 한 게 오래전처럼 느껴졌다. 그때는 그녀를 찍는다는 것이 어떤 것인지 전혀 이해하지 못했다.

"그래, 그거. 근데 말이야, 이렇게 밤하늘을 보고 있으면 더욱 그렇다고 생각하지 않아? 우리의 고민이 별거 아니라고 말이야. 우리가 살아 있는 동안의 시간은 별들에 비하면 눈 깜빡인 정도의 시간이야. 내가 아파서 고통받는 그것보다 더 짧고. 그러니까 나약한 소리는 못 하는 거야."

아무 말도 할 수 없었다. 지금까지 자기주장도 없이 수동적으로 살아온 나와, 장대한 밤하늘과 자신을 비교하며 살아온 그녀와는 모든 것이 너무 달랐다. 그녀가 견디고 있는 삶이 작은 것이라면, 내가 가지고 있는 고민은 얼마나 더 별거 아닐까.

"후후후, 로맨틱한 밤하늘을 보면서 사랑 이야기 좀 해볼까!"

"밤하늘이랑 사랑 이야기가 무슨 관련이 있어. 그런 생각으로 나를 끌어들이지 않았으면 좋겠어."

어두운 분위기가 되지 않게 화제를 전환하는 행동도, 분명 그녀의 배려이겠지만, 방향성은 나에게 맞추어주었으면 했다.

"끌어들이는 게 내 성질이야. 그러니까 끌려와야 해."

"너는 확실히 자신의 성격을 잘 이해하고 있구나. 그렇다면 좀 자제해줬으면 좋겠는데."

"자숙하지 않는 것도 내 성격이니까 포기해."

그렇게까지 말해버리면, 어쩔 수 없었다.

"애초에 전에도 말했지. 그런 얘기는 반 여자애들끼리 해. 나는 그런 주제로 이야기할 게 없어."

"너는 제대로 된 사랑을 해본 적이 없지?"

"아니, 내 말⋯⋯."

"없지?"

내 의사 따위는 없는 것이나 마찬가지였다. 수동적인 성격의 나와 적극적인 그녀와의 궁합은 상극이었다.

"없어. 전에도 말했잖아."

"그럼 이제부터 하려는 생각은 있어?"

앞으로의 이야기. 분명 언젠가는 하겠지만, 언제가 될 지는 알 수 없었다. 게다가 미래에 대한 이야기를 그녀와 하는 것은 아무래도 어려웠다.

"나보다 네가 경험이 많지 않아? 학교에서도 인기 많 잖아."

일부러 말을 돌린 것이 너무 티가 나긴 했지만, 그녀 쪽에서 불만스러운 한숨 소리만 들리고, 그 이상은 추궁 해오지 않았다.

"주위에서 나를 오해하는 것 같아."

"오해?"

"지금까지 내게 호감을 표현한 상대들은 다 내 외모가 아닌 다른 것은 보지 못했어. 왜 내가 좋냐고 물어보면 그냥 말하기 편하다든가, 귀엽다든가, 스타일이 좋다든가. 그런 말밖에 하지 않았거든."

하지만 그런 것이 호감으로 연결되어가는 것 아닐까. 생각한 것을 그대로 전하자 그녀가 고개를 저으며 말했다.

"나도 누군가를 멋있다고 생각한 적은 있어. 예전에는 어릴 때 동네 오빠를 멋있다고 무척 좋아했었어. 그런데 그건 사랑이 아니라 동경이야. 나를 좋아해주는 사람도 나 같은 친화력 좋은 미인을 동경하고 있을 뿐인 거고."

그녀는 잠시 숨을 고르고 이어 말하기 시작했다.

"물론 외모를 칭찬받으면 기쁘지. 하지만 나는 무엇보다 내 마음에 다가왔으면 좋겠어."

그녀가 어떤 생각을 하며 살고 있는지, 웃는 얼굴 뒤에 무엇을 감추고 있는지, 오늘 여기까지 함께한 나도 알 수 없었다. 나에게는 몹시 어려운 이야기라고 생각했다.

"게다가 나는 병이 있으니까, 이걸 모른 채 좋아했다간 반드시 후회하게 될 테니까."

익살스럽게 그녀는 말했다.

"먼저 고백했으면서 나중에 속았다고 하면 곤란할 거

같네."

"아하하하. 맞아. 나는 사기꾼이 아니라 지금을 열심히 사는 여고생이니까. 그런 이유로 나는 사랑을 하더라도 내면을 알아야 해."

"나도 사기꾼의 친구는 되고 싶지 않아."

"그치? 그러니까 내 연애 대상은 너뿐이라는 거지."

남에게 자신을 좋아하지 말라고 해놓고선 왜 저런 말을 꺼내지?

"왜 나야?"

"너밖에 없어서 그래!"

그래서 그녀가 소리를 질렀다.

"왜냐하면, 나는 병에 대해 더는 누군가에게 말하고 싶지 않아. 괜히 걱정하게 하는 것도 싫어."

"그럼 너를 좋아하는 사람을 찾아서 그 사람한테만 아픈 걸 털어놓으면 되잖아."

거기서 한순간이 정적이 흘렀다. 따뜻한 옷을 입고 침낭에 들어 있지만, 가끔 불어오는 바람은 역시 차가웠다.

"아니야, 그건 안 돼. 분명히 떠나가버리거나, 괜히 과하게 신경 써서 상냥하게 대할 뿐일 테니까."

"상냥하게 대하는 것도 싫어?"

"싫어. 그건 나보다 내 병을 더 의식하는 거니까. 나를 죽이려는 병에게 잘 대해주는 놈은 내 적이 틀림없잖아."

그것은 실로 그녀다운 변명이라고 생각했다. 나는 종종 그녀에게 감탄하게 되는 것 같았다. 그녀는 내가 생각하지 못한 대답을 하지만, 항상 납득하게끔 말을 했다.

"나답다고 생각했어?"

"잘 아네. 그렇게 생각하던 참이야."

"역시. 다들 나답다고 하는데, 뭐가 나다운 거야?"

"나랑 정반대인 생각을 하는 거."

"예를 들면?"

그녀가 움직이는 기척이 났다. 몸을 돌려 내 쪽을 보는 것 같았다.

"내가 너와 같은 입장이라면, 연인이 상냥하게 대해주었으면 좋겠다고 생각했을 거야. 왜냐하면 힘든 상황을 겪고 있는 거니까. 하지만 너는 상냥하게 대해주는 건 연인이 아니라 적이라고 잘라 말했어. 그게 너답다고 생각한 이유야."

"너는 의외로 소녀 같구나!"

'소녀'라는 단어가 나에게는 어울리지 않다는 걸 깨달은 것 때문인지, 그녀는 웃기 시작했다. 주위에 다른 사람이 없기 때문일까. 평소보다 30%는 더 큰 성량으로 한동 안 웃어댔다. 마치 밤하늘에 살아 있어서 행복하다고 호 소하는 것처럼.

"그런데 말이야, 나 계속 궁금했던 게 있는데 물어봐도 돼?"

겨우 웃음이 가라앉힌 그녀가 갑자기 물어왔다.

"새삼스럽게 허락은 왜 받아? 평소엔 궁금한 게 있으 면 바로 묻더니. 지금은 너답지 않네."

"물어봐도 대답해주지 않을 것 같았거든. 그럼 거리낌 없이 물어볼게."

그녀는 그렇게 곧장, 그다지 대답하고 싶지 않은 것을 정확하게 물어왔다.

"너는 왜 내 이름 안 불러줘?"

"아… 내가 대화를 나누는 건 너 말고는 거의 없고… 너라고만 불러도 통하고, 불편하지 않으니까."

"사람을 그냥 너라고만 부르는 건 조금 실례일 수도 있 어."

"너도 그래."

"나는 너를 따라 해. 적어도 함께 외출하기 시작했을 때는 이름을 불렀었어, 나는."

돌이켜보면 확실히 그랬던 것 같다. 그녀가 나를 너라고 부르기 시작한 것은 언제부터였을까?

"…남들이 내 이름을 부르고 싶지 않아 해서, 나도 부르지 않는 거야."

"왜? 아마노 테루히코, 멋진 이름이라고 생각하는데."

"멋진 이름이지. 그래서 나한테는 맞지 않아."

"무슨 소리야?"

"아마노 테루히코天野輝彦*, 마치 은하수에 빛나는 견우별 같잖아. 그런 건 나한테 붙이기엔 아까운 이름이야."

"후후, 그런 거구나."

"왜 웃어?"

"아니야, 확실히 지금의 너에게는 어울리지 않을지도 몰라."

"맞는 말이야. 그러니까……."

"그래도 사람은 이름대로 산다고 하니까 지금은 분에 넘치더라도 앞으로 그 이름에 걸맞은 사람이 되려고 노력하면 되지."

"그건……."

* '하늘의 빛나는 남자'라는 의미가 있다.

맞다. 정론인 데다 베가, 직녀를 자처하는 그녀의 말이니 묘하게 설득력이 있다.

"직녀인 내가 말하는 거니까 틀림없어. 너는 네가 육등성이라고 자신을 과소평가하고 있지만, 너는 분명 알파성 알타이르*가 될 거야, 분명."

그러니까, 라면서 그녀는 말을 계속 이어갔다.

"만약 날 이름으로 불러도 쑥스럽지 않다고 생각되는 날이 온다면, 그때는 꼭 내 이름을 불러줘."

그런 날이 올까. 만약 그런 날이 온다고 해도, 그녀가 살아 있을까. 그런 날이 왔을 때 카메라 파인더를 들여다보면, 변함없이 미소 지은 얼굴로 그녀가 서 있을까.

우리는 밤하늘을 올려다보았다. 긴 시간, 우리가 밤하늘의 어둠과 별빛에 융화될 것 같다는 생각이 들 만큼, 계속 바라보았다. 그녀가 "춥다!"라고 말하기 전까지, 우리는 이 밤하늘에 매료되어 있었다.

산장으로 돌아와 이불을 깔고 잘 준비를 했다.

"오늘 밤은 둘이서 한 이불…?"

나는 그녀의 농담을 가볍게 넘기면서, 내 이불로 뛰어

---

* 흔히 '견우성'으로 알려져 있으며, 베가, 데네브와 함께 여름의 대삼각형을 형성한다.

들었다.

이불의 부드러운 감촉이 긴 여행으로 지친 몸을 감싸며 잠을 재촉했다. 그녀는 조금 전에 했던 연애 이야기를 다시 이어가려는 것 같았지만, 내가 무시하자 포기한 듯했다.

"오늘 즐거웠어?"

"…그렇지, 나 혼자서는 아마 평생 경험할 수 없는 일뿐이었다고 생각해. 재미있었어."

"그렇구나, 기쁘네."

"너는?"이라고 묻기는 했지만, 대답은 들을 필요도 없었다. 내가 보기에도 그녀는 충분히 즐기고 있었기 때문이었다.

"응! 정말 즐거웠어!"

"다행이네."

"다음에 또 오자. 그때는 겨울의 밤하늘을 보고 싶어. 겨울은 공기가 맑아서 더 예뻐 보인대."

다시 이곳에 함께 오고 싶다는 마음이, 가슴 아리게 전해져왔다. 산장은 원룸 형태였기 때문에 어쩔 수 없이 나란히 이불을 깔았는데, 그 덕분에 평소에는 전해지지 않던 그녀의 세밀한 감정까지 엿볼 수 있었다.

나는 카메라를 집어 들었다. 원하는 모습 그대로 찍지는 못했지만, 기념으로 별이 총총한 하늘을 사진에 담아 뒀다. 엎드린 자세로 한 장 한 장 찍은 사진을 살펴보고 있는데, 그녀가 말했다.

"나도 볼래!"

그녀는 몸을 돌려 내 이불 안으로 파고들었다. 어깨와 어깨가 맞닿을 것 같은 거리였다. 그녀는 내 손 안의 카메라를 들여다보기 위해 더욱 거리를 좁혀왔다.

"저, 저기 너무 가까워."

"안 보이니까 어쩔 수 없지 뭐."

그렇게 말하고 노골적으로 밀착해왔다. 이미 어깨부터 팔뚝 언저리까지 그녀의 온기가 느껴졌다. 부드러운 살결, 은은하게 퍼지는 달콤한 냄새, 나와는 절대 겹치지 않는 숨결. 그녀를 구성하고 있는 모든 요소에, 나의 오감에 민감하게 반응했다.

"카메라 보여줄 테니까 조금만 더 떨어져. 너무 가까이 오면 땀 나."

"에이, 뭐 어때."

잠옷을 가지고 오지 않아 속옷 차림으로 자기로 했기 때문에, 눈 둘 곳이 없어 곤란했다. 거리를 두고 싶은 참이었다.

"역시 너무 가까워. 이렇게 가까이 있지 않아도 돼."

내가 몸을 빼고 멀어지려 할 때마다 그녀도 거리를 좁혀왔기 때문에 내게 남은 공간만 점차 좁아질 뿐 상황은 바뀌지 않았다.

"뭐야? 나를 의식하고 있는 거야?"

"시끄러워. 떨어지라면 좀 떨어져. 사진을 보고 싶으면 조용히 해달라고."

"네, 조용히 하겠습니다~"

그녀는 여전히 밀착 상태를 유지했지만, 조용히 카메라를 보고 있으니 이 정도 선에서 타협하자 생각했다.

손으로 들고 찍는 바람에 사진 대부분이 흔들렸지만 기적적으로 별똥별을 담은 컷이 딱 한 장 있었다. 꽤 많이 찍었기 때문에 우리는 한동안 말없이 사진을 보았다.

"오! 역시 좋은 사진이 많네!"

가장 큰 반응을 보인 것은 우리가 산장으로 돌아가려고 했을 때 그녀의 제안으로 찍은 사진이었다. 별들도 함께 담을 수 있도록 땅에 카메라를 두고 찍은 사진이었는데, 생각보다 훨씬 잘 찍혀 있었다.

밤하늘을 배경으로 한, 나와 그녀의 투 샷. 은하수를 사이에 두고 서 있는 모습이 마치 견우와 직녀 같다는 생각이 들었다.

"사치스러운 투 샷이네. 은하수를 배경으로."

"후후, 딱 직녀별과 견우별이네."

"그러면 우리는 1년에 한 번밖에 만나지 못하겠네."

"그럼 이제 못 만날지도 모르겠네. 내년 칠석까지 내가 살아 있지 못할 수도 있고."

"그런 말, 아무렇지도 않은 얼굴로 하지 말아줄래?"

평소의 그녀였다면 이런 나의 냉소적인 대답도 웃는 얼굴로 받아주었을 것이다. 하지만 그녀는 입을 다물었다.

나는 조심조심 그녀 쪽으로 돌아보았다. 눈앞에 그녀의 얼굴이 있었다. 숨결이 느껴질 정도로 가까운 거리에. 나의 시선은 자연스럽게 그녀의 입가로 빨려 들어갔다. 조금이라도 움직이면 그 입술에 닿아버릴 것 같다는 생각이 들었다.

"아무렇지도 않은 얼굴로 보여?"

조금씩 그녀의 입술이 떨리고 있었다. 언제나의 웃는 얼굴이 아니라 아련한 미소를 짓고서.

무섭지 않을 리가 없었다. 어떤 미래를 상상해도, 그 미래가 반드시 온다고 해도, 그때 자신은 없을지도 모른다는 사실이 두렵지 않다면 거짓말이겠지.

그녀는 자신의 현실을 받아들인 여자아이일 뿐이다. 그녀가 또래보다 좀 더 씩씩하긴 해도 나랑 동갑인 아이가 그런 불합리한 현실을 받아들이고 있다는 건 이상한 이야기였다.

사실은 지금까지 못 본 척했을지도 모른다. 그녀가 앞둔 결말에서 애써 눈을 돌리고 있었는지도 모른다. 나는 그녀의 씩씩한 모습에 기대고 있었는지도 모른다…….

슬픈 현실을 보여주는 그녀의 시선을 멀리하기 위해 돌아누웠다. 그녀의 눈동자를 보고 있으면 거기에 내포된 공포에 나도 함께 휩싸일 것 같았다.

나는 또 도망쳐버렸다.

그녀가 뒤에서 내 옷을 꽉 잡은 것을 알 수 있었다. 그 약한 악력이 그녀의 불안함을 나타내는 것 같았다. 하지만 나는 그 연약해 보이는 작은 손을 다시 잡을 수도 없었다.

나는 그녀의 사진작가가 되기로 했다. 도망만 가서는 안 된다. 그것만은 틀림없었다. 다시 한번, 내가 그녀를 위해 할 수 있는 일은 무엇일까 생각했다.

지금까지는 그녀의 모습을 최고의 사진으로 남겨주고

싶었다. 하지만, 그뿐이 아니다. 죽음이라는 현실을 나도 함께 받아들이지 않으면 안 된다…….

그것이 그녀와 함께 있는 것에 대한 진짜 각오라고, 그렇게 생각했다.

다음날은 다른 곳에 들르지 않고 바로 귀가했다. 여행의 피로가 쌓였는지 귀가하는 동안 그녀는 말수가 줄었고, 그 중 인상적인 이야깃거리는 없었다.

"이틀 동안 아주 고마웠어."

"나야말로."

"다음은 겨울의 밤하늘이네."

"그래, 다음엔 완전 따뜻하게 입고 가야겠어."

"응응, 겨울의 산은 몹시 추우니까."

역에 도착하여 다음 여행을 약속했다. 생각해보면, 이번 여행 동안 많이 웃었다. 그녀의 웃는 얼굴을 바라보며 나도 모르게 함께 웃는 시간이 많았기 때문이었다.

"그럼 안녕, 또 보자."

"응, 다음에 또…….."

이렇게 말했지만, 우리 학교는 여름방학에도 특별 수업이 있어서 바로 다시 만날 것이다.

"다음에 또라고 해도 여름방학 수업이 있으니까 금방

만나는 거 맞지?"

"너는 수업 신경 안 쓰고 쉴 것 같은데."

"누가 결석한다는 거야!"

"그럼 내일 보겠네."

"응! 내일 보자!"

그렇게 말하고는 여느 때처럼 헤어졌다.

귀가하고 나서 남은 하루를 평소와 같이 보냈더니 그녀와 이틀간 여행한 것이 꿈이 아닐까 하는 생각마저 들었다. 그녀로부터 이번 여행에 대한 메시지를 받는다면 역시 꿈은 아니었구나 싶었겠지만 연락은 없었다.

다음날 여름방학 수업을 받으러 학교에 갔을 때, 내일 보자던 그녀는 모습을 드러내지 않았다. 어제 나눈 말도 꿈이 아니었을까 생각이 들 무렵, 엄마로부터 메시지가 도착했다.

아무래도 그녀는 입원하게 된 것 같았다.

제5장

여름방학 수업이 끝난 후 일주일, 드디어 그녀가 퇴원하는 날이었다.

퇴원하는 모습을 사진으로 남기고자 나는 카메라를 들고 외출 준비를 했다. 신발을 신고 나가려는데 밖에서 자동차 경적이 들렸다. 집 앞에 택시 한 대가 세워져 있었다.

"테루히코!"

"다녀오셨어요…?"

꽤 이르게 퇴근한 엄마의 뒤에 그녀가 있었다.

"어? 외출하려고?"

"그럴 필요가 없어졌네요."

"아, 카오리를 만나러 가려고 했구나."

"진짜?"

"그냥 기분 전환도 할 겸 퇴원할 때의 모습을 사진으로 담아둘까 생각했을 뿐이야."

"그렇구나? 에헤헤."

그녀는 지금까지 입원해 있던 사람치곤 건강해 보였다. 그 표정에 나는 안심했다.

그러는 사이에 엄마가 그녀를 집으로 들여보냈다.

"실례합니다."

처음부터 거리낌 없이 우리 집에 들어온 그녀. 평소처럼 씩씩한 태도로 당당하게 우리 집 식탁을 함께 둘러앉아 엄마가 만든 점심까지 먹었다. 그리고 정신을 차리고 보니 내 방에 단둘이 있었다.

"여기가 테루히코 방이구나!"

"샅샅이 보지 마. 잠깐, 침대 밑은 봐도 아무것도 없어."

"정말 아무것도 없네. 좋게 말하면 청결하지만 나쁘게 말하면 재미없어."

"정리가 잘 됐다고만 말해도 되잖아."

"갑자기 우리 집에 누가 찾아오면, 나는 내 방을 절대 보여주지 않을 거야."

그녀는 만족스러운 미소를 지으며 내 방을 둘러보았다. 그다지 넓지 않은 방에는 책상이나 침대, 책장 같은 최소한의 것만 놓여 있어 그녀의 흥미를 끌 만한 것은 없을 것이라고 생각하던 순간,

"아, 이거!"

그녀는 책상 위에 놓여 있는 사진들을 모두 그러모으곤 내 침대에 거침없이 걸터앉았다. 나도 그녀 옆에 앉았다.

"지금까지 찍었던 사진을 현상한 거야."

"그렇구나, 고마워."

백여 장이나 돼서 나도 아직 찬찬히 확인하지는 않았기 때문에, 그녀와 함께 한 장 한 장 사진을 보았다.

"이야~ 다 어색하네. 요즘은 사진 찍는 게 그래도 익숙해졌지만 학교 옥상에서 찍은 첫 사진, 이건 노을이 없었으면 엄청 이상했을 거야."

"내가 사진을 잘 못 찍은 거지. 사람을 찍는다는 거에만 집중했었는걸."

"내가 널 찍은 사진을 보는 것도 꽤 부끄럽네."

그렇게 말하는 그녀의 표정은 즐거워 보였다. 지금까지의 추억을 회상하고 있는지도 몰랐다.

"그러고 보니 나도 네가 봐줬으면 하는 게 있어."

"봐줬으면 하는 거?"

"응, 입원해 있는 동안 심심해서 너를 보고 싶단 생각이 많이 들었거든. 그래서 결국 이런 것을 만들어버렸지 뭐야."

꺄악, 하고 의문의 괴성을 지르며 그녀는 한 권의 노트를 꺼냈다.

"이건 뭐야?"

"나의 보물이 될 노트야."

"그게 무슨 소리야?"

점점 더 의미를 모르겠다.

"짜자잔!"

그녀가 노트를 펼쳤다. 그중 가장 먼저 눈길을 끈 것은 별을 보러갔을 때 찍은 예의 그 사치스러운 투 샷 사진이었다. 집으로 돌아오는 길에 갖고 싶다고 해서 현상해서 그녀에게 건넸던 것이었다. 그리고 그 사진의 윗부분에는 【너와 별을 보러 갔을 때】라고 적혀있었다.

그 외에도 【너의 집에 방문한 날】,【너와 롤러코스터를 타고 소리 질렀을 때】,【"사장님, 항상 주문하던 거로요."라고 말해보기】,【우유니 소금 사막에서】등 여러 개의 그녀의 버킷리스트가 적혀져 있었고, 각 문장의 아래에는 한 장의 사진을 붙일 수 있는 정도의 여백이 있었다.

"이건 말이야, 내가 너와 사진을 찍고 싶은 장소와 상황 리스트야."

밤하늘을 보러 갔을 때 찍은 사진이 좋아서, 그 밖에도 함께 찍고 싶은 장소와 상황을 생각했다고 했다.

"괜찮은 거 같은데. 가고 싶은 곳에 가서 하고 싶은 일을 한다니 참으로 너답다. 그리고 역시 내가 같이 가는 전제구나."

"물론이지!"

그녀는 당연히 내가 같이 갈 거라고 정해놓은 것 같았다. 거절을 잘 못하는 나는, 그녀의 먹잇감인 셈이었다.

"하지만 싫다는 사람을 억지로 데려가지는 않을 거야. 너에게 달렸어. 너에게는 네 인생이 있으니까."

지금까지 늘 자기중심적이라 생각했던 그녀답지 않은 말이었다. 평소와는 다른 모습이라 조금 걱정스럽긴 했지만 "생각해볼게."라고만 대답하고 그 대화를 끝냈다.

그 후로는 시시콜콜한 이야기를 했다. 서로의 가족 이야기, 학교에서 여자 선후배 사이는 힘들다는 이야기를 듣기도 하고, 기말고사 결과를 알려주며 사실 그녀와 나의 성적이 크게 다르지 않았다는 것에 충격을 받기도 했다.

고등학생이 할 법한 지극히 자연스러운 대화였다. 이런 대화를 그녀가 앞으로도 계속할 수 있기를 바랐다.

그 뒤로 함께 비디오 게임을 하다 보니 해가 져서 그녀는 집으로 갈 준비를 했다.

결국 그녀가 무엇을 하러 왔는지는 알 수 없었지만, 어쩌면 우리 집에 오는 것 자체가 목적이었을지도 모른다. 그녀의 노트에도 【너의 집에 방문한 날】이라고 적혀 있기도 했으니까.

그녀의 노트를 채우기 위해 우리는 둘이 나란히 방에서 사진을 찍었다. 노트에 붙이기 위한 것이니까 간단한 사진이라도 좋다고 해서 그녀가 가진 휴대폰으로 찍었다.

화면에 같이 나오기 위해 그녀와 얼굴을 마주 대고 찍었지만, 그동안 익숙해진 것인지 동요하지 않았다. 그래서인지 그녀는 재미없다는 듯 시시해했지만, 정작 나는 그런 그녀의 모습을 보느라 즐거웠다.

그리고 그녀를 배웅하기 위해 함께 집을 나섰다.

"하룻밤 자고 가도 되는데."

엄마가 얘기했지만 나는 못 들은 척했다.

"즐거웠어요."

기세 좋게 연신 고개를 끄덕이며 그녀는 만족한 듯 대답했다.

"바로 노트에 붙일 수 있는 사진이 나와서 좋네."

"응!"

생각해보니 지금껏 배웅하는 건 항상 그녀 쪽이었다. 이런 식으로 내가 그녀를 배웅하는 일은, 지금까지 없었다. 석양이 우리의 등 뒤로 그림자를 길게 늘어뜨리고 있었다.

"사실은 말이야, 너한테 할 말이 있어서 오늘 만나러 왔어. 말하기 힘들지만 말이야."

내 그림자를 쫓아 조금 앞서가던 그녀는 그렇게 말했다.

"말하기 어려운 일이라니⋯ 안 좋은 예감밖에 안 드네."

사실이 그러했다. 듣지 않는 게 나을 것 같았다. 그러나 그녀는 말하고자 한 건 꼭 얘기하는 사람이었다.

"그럼 한 가지 간단한 내기를 하자."

"내기라니?"

"내가 하고 싶은 말은 너에게 하는 부탁이기도 하니까, 내기에서 이기면 부탁을 들어달라고 하려고."

"어떤 내기인데?"

그녀가 멈춰 섰다. 나도 맞춰서 걸음을 멈췄다.

"저기 모퉁이에서 가장 먼저 누가 나타날까? 여자일까 남자일까?"

"확률은 반반인가. 슈뢰딩거의 고양이 같네."

저 모퉁이 너머에서 오는 사람은 남자일 수도 있고 여자일 수도 있다. 보지 않으면 알 수 없다. 결과는 단순한 운으로 정해진다는 것이었다.

"알 수 없는 소리 하지 말고, 둘 중 하나를 골라! 나는 네가 선택하지 않은 쪽으로 할래. 내가 이기면 내 부탁을 들어줘."

그녀는 거듭 그렇게 말했다. 온전히 찍기 승부이기 때문에 이길 확률은 반반이었다.

"…그럼, 여성……."이라고 그녀가 말을 꺼냈지만, 나는 그녀의 말을 자르고 말했다.

"나는 여자 할래."

그리고 우리는 누군가 지나가기를 말없이 기다렸다. 한껏 예민해진 나의 청각이 모퉁이 끝에서 사람의 발소리를 들었다. 우리의 시야에 처음으로 비친 것은…….

"…개?"

"깜짝이야. 고양이라면 몰라도 설마 개가 나타날 줄이야."

이어서 강아지 주인인 여성이 나타났다.

고등학생 두 명이 뚫어져라 본 탓에 당황한 기색이 역력한 강아지 주인에게 나는 사과했다.

처음에 나타난 사람은 여성이었기 때문에 나의 승리라고 생각했지만……

"와! 셰틀랜드 쉽독이다, 귀여워!"

그녀는 바로 강아지에게 반응했다. 확실히 동그란 눈동자와 부드러워 보이는 털이 사랑스러웠다.

"저기, 이 강아지는 남자아이인가요? 여자아이인가요?"

그녀는 주저 없이 주인에게 말을 걸었고 수컷이라는 정보를 입수해 왔다.

"처음 걸어온 사람은 여자였어."

"무슨 소리야, 저 귀여운 강아지가 먼저 걸어왔는데. 내가 이겼어!"

"네가 분명 '여자일까 남자일까'라고 했어."

"깐깐하긴, 강아지도 사람과 같은 생명이야!"

그만 우기라고 말하고 싶었지만 말문이 막혔다.

"그러니까 내기는 내가 이긴 거야."

"…알았어."

"전에 내가 말했잖아. 나에겐 너밖에 없다고."

고개를 숙이고 다음 말을 망설이고 있는 그녀의 모습을 보고 있자니, 얼마 전 둘이서 별을 보고 있었을 때의 일이 생각났다.

그 말을 듣자마자, 너밖에 없다는 그녀의 말이 무엇을 의미하는지 이해했지만 설마, 하는 생각이 들었다.

"나, 너 좋아해… 그러니까……."

설마 했던 내 생각은 현실이 되었다.

"나랑 사귀어줘."

시간이 멈춰버린 건 아닐까. 그런 착각이 들었다. 그러나 그것은 말 그대로 착각이었다. 내 주위의 경치는 정상이었다. 단지 나만 몸이 굳은 채 소리도 내지 못했다.

나는 무의식적으로 한 발 뒤로 물러났다. 단지 그 정도의 움직임이었는데 그것이 그녀에게 깊은 상처를 주었다. 결과적으로 1분 정도 침묵의 시간이 흘렀다.

그녀가 억지로 미소를 지었다. 하지만 분명 한순간에 무언가가 무너져 내리는 것 같은 표정이었다.

"아니, 그러니까."

네가 싫을 리가 없다고 말하고 싶었다. 하지만 싫지 않으면 좋은 거냐 물어오면 뭐라 대답해야 할지 정리가 되지 않아 나는 아무 말도 할 수 없었다.

"봐봐, 나는 이기적이니까. 너한테 날 좋아하지 말라고 해놓고 나는 멋대로 널 좋아해."

농담조로 말하고 있지만, 농담이라고는 생각할 수 없었다. 왜냐하면 그녀는 무릎을 펴자와 피자를 연관 지어 얘기하거나, 고지엔과 고시엔을 연관 지어 말하는 그런 시시한 농담밖에 안 하니까.

게다가 무엇보다도 남에게 상처를 줄지도 모르는 농담을 그녀가 할 것 같지는 않았다. 적어도 지금까지 같이 어울리는 동안, 나는 그녀를 그러한 사람이라고 생각하고 있었다.

단지 나는, 남은 모든 순간이 소중한 그녀와 깊은 관계가 될 수 없을 뿐이었다.

"…나는 너의 사진작가야. 우리는 그 전제로 같이 사진을 찍으러 다니는 거고."

"응."

"그러니까, 너와의 약속을 나는 꼭 지키려고 해. 너의 전담 사진작가로 활동하는 기간에는 너를 좋아하면 안 된다는 약속을."

나는 그렇게 그녀의 핑계를 댈 수밖에 없었다.

"응, 그치, 그렇지! 아하하, 미안해. 내가 이상한 소리를 했네. 바보 같이."

그녀가 사귀자고 한 말에 응할 수 없어 안타까웠다. 하지만, 지금보다 그녀와 돈독한 관계를 맺는 것은 두려웠다. 사람을 잃게 되는 것만큼 괴로운 일은 없으니까.

억지로 웃으려는 모습이 안타까워서 내 가슴은 더 조여왔다.

"배웅해줘서 고마워! 여기까지면 돼. 안녕!"

그렇게 말하고 그녀는 떠나갔다.

'이렇게 밤하늘을 보고 있으면 더욱 그렇다고 생각하지 않아? 우리의 고민이 별거 아니라고 말이야.'

그날 그녀는 그렇게 말했다. 하지만 그녀가 안고 있는 고민은 작은 것이 아니었다. 그녀가 견디고 있는 현실이 작은 것일 리가 없었다.

그런 그녀에 비해 내가 가지고 있는 모든 것은 보잘것없이 작게 느껴졌다. 나는 배짱도 각오도 없었다. 그녀를 찍는다는 의미를 나는 제대로 알지 못했다. 그녀가 어떤 마음으로 나에게 사진을 찍으라고 했는지도.

그녀의 뒷모습이 보이지 않게 된 후에도 나는 그녀에게 상처를 줬다는 죄책감으로 인해 한동안 움직일 수가 없었다.

"카오리랑 무슨 일 있었어?"

귀가하자마자 엄마는 그렇게 물어왔다. 평소와 같은 모습이라 생각했는데 엄마는 내 모습이 다르다는 것을 금방 눈치챈 것 같았다.

"아무것도 아니에요."

"싸우기라도 했어?"

"아뇨."

"그러면 네가 싫대?"

"그것도 아니에요."

"그럼 고백받았어?"

"…아니에요."

"뭐가 됐든, 카오리를 소중히 대해줘. 걔가 보기보다 훨씬 상처를 잘 받고 섬세하니까."

엄마의 뼈아픈 조언을 말없이 받아들였다.

목욕도 식사도 뒷전으로 미루고 나는 방으로 들어왔다. 그녀와의 관계나 앞으로의 일에 대해 생각하려고 했는데, 방을 보자마자 다시 머릿속이 하얘졌다.

"이건 또……."

나는 내 방을 보고 쓴웃음을 지었다. 그녀가 다녀간 흔적이 역력했다.

"별거 없는 방을 이렇게까지 어지럽혔다니."

단지 그녀가 있었을 뿐인데 평소에는 조용한 내 방에도 웃음소리가 가득했다. 대화가 끊이지 않고 때로는 침묵이 가로놓여도 절대 어색하지 않았다.

어지럽혀진 방을 보는데 화가 나기는커녕 즐거웠던 기억이 되살아날 정도로 나는 그녀와 보내는 시간이 즐거웠다.

"나에게는 너밖에 없어, 라……."

웃는 것이 서툴다고 생각했던 나를, 자연스럽게 웃게 해주는 것은, 분명 그녀밖에 없었다.

휴대폰을 꺼내 그녀에게 메시지를 보냈다. 그리고 곧장 집을 나섰다. 생각해보면 내가 먼저 그녀에게 연락한 것도 이번이 처음이었다.

그녀를 불러낸 학교 앞으로 오토바이를 몰았다.

이미 어둠이 내려 가로등에 의지하지 않으면 잘 보이지 않았다. 그런 어둠 속에서 기다리길 수십 분, 그녀가 모습을 드러냈다.

"안녕."

"안녕."

먼저 인사를 건넸지만 그녀의 발걸음과 목소리는 다소

무거웠다. 눈가는 붉고 손발은 떨리고 있었다. 그래도 오늘 보여준, 추억을 남기는 노트만큼은 가슴팍에 꼭 쥐고 있었다.

"와줘서 고마워."

"갑자기 메시지가 와서 깜짝 놀랐어."

그녀가 우울해하는 것을 보니 내가 더 우울해졌다. 그녀가 나를 웃게 해준다고 생각했지만, 그것은 그녀가 웃고 있어서였다는 걸 알았다.

"모처럼 밤에 학교에 들어가볼까?"

"너답지 않은 제안이네."

그녀의 목소리는 아직 무거웠지만 조금은 재미있다는 듯이 고개를 들었다.

"응, 가끔은 내가 너를 데리고 다니는 것도 괜찮을 것 같아서. 분명 너에게 좋은 추억이 될 거야."

"그래, 그럼 가보자!"

그녀의 기분이 조금 풀린 것 같았다. 나는 학교 정문을 힘껏 기어올랐다. 분명 몰래 학교에 들어가다 걸리면 설교만으로는 끝나지 않을 것이다. 심하면 정학 처분을 받을 수도 있겠지만 결국 함께 학교에 잠입했다. 내가 이런 일을 할 줄은 생각지도 못했다.

"옥상의 열쇠는……."

내 생각을 꿰뚫어 보고 있다는 듯이, 그녀는 품에서 열쇠를 자랑스럽게 꺼냈다. 당직 선생님이 있는지 건물 안으로 들어가는 문은 열려 있었다.

"후후, 왠지 두근두근하네."

인기척이 없는 조용한 복도에 그녀의 목소리가 울려 퍼졌다. 교내는 예상했던 것보다 무서웠다. 그 와중에 그녀는 경쾌한 발걸음으로 나아갔다.

"어두운 데는 괜찮아?"

"으음, 질색이야! 놀이공원의 귀신의 집 같은 거 무서워서 못 들어가."

"지금은 안 무서워?"

"지금은 무섭지 않아. 네가 옆에 있으니까."

어떻게 저렇게 항상 자신의 마음을 솔직하게 말할 수 있을까. 나는 그녀에 대해 아무것도 솔직히 말할 수 없는데.

우리는 그대로 옥상으로 갔다.

"다 왔다."

옥상 문을 열자 점처럼 빛나는 주택가의 불빛과 옅은 밤하늘을 볼 수 있었다.

"밤에는 처음 온 건데 경치가 좋네."

그녀는 이 경치가 익숙할지 모르지만 내 눈에는 아름답게 비쳤다.

"별도 희미하지만 보이네."

"응응, 보이네. 데네브에 알타이르에 베가까지."

그녀는 별을 보러 갔을 때처럼 하나하나 별을 가리켰다.

"여름의 대삼각형?"

그녀가 가리키는 베가는 밤하늘에서도 밝게 빛나고 있었다. 그녀가 나를 돌아보며 웃었다. 그 모습이 빛나서 베가를 눈앞에서 보는 것 같았다.

"이 옥상에서도 그때처럼 별이 많이 보였으면 좋겠다고 생각하니?"

"그때의 밤하늘을 학교 옥상에서도 볼 수 있다면 정말 멋질 거라고는 생각하지만, 지금도 괜찮아."

"그래?"

"왜냐하면, 봐봐. 여기서 보이는 거리의 많은 불빛은 사람의 몫이야. 거리의 불빛 때문에 밤하늘은 보이지 않지만 그래도 이 빛 하나하나가 한 사람의 빛이라고 생각하니까. 그래서 이건 이것대로 좋은 경치라고 생각해."

그렇게 말하며 그녀는 부드러운 미소를 지었다.

"맞아."

하늘에 떠 있는 베가도 사람들의 삶을 그녀처럼 따뜻한 미소로 지켜보고 있을까.

"나 말이야, 진짜 나만 봐줄 것 같은 너를 혼자 독차지하고 싶었어. 그래서 좋아한다고 했어."

그녀는 말을 이어갔다.

"여행에서 돌아온 후에 병원에서 말이야. 주치의 선생님이 하는 말을 듣고 부모님이 우는 걸 봤어. 그래서 내가 시간이 없을 것 같단 생각에 마음이 급했던 것 같아."

담담하게 말하는 듯한 목소리였지만 그녀의 표정은 그런 현실에 짓눌리지 않기 위해, 필사적으로 애쓰는 것처럼 보였다.

"나는 수혈하지 않으면 살아갈 수 없으니까. 이제 남에게 의지하지 않으면 살 수 없는 몸이니까. 엄마에게도, 아빠에게도, 오빠에게도, 주치의 선생님에게도, 다른 사람에게도 많이 의지하고 있어. 그래서 적어도 내가 기대는 사람들이 조금이라도 웃을 수 있도록, 나도 웃고 있어야지 하고 항상 미소 지으려고 하는데……."

그녀의 목소리가 조금씩 떨리기 시작했다.

"그러다 보니 어느 순간 알 수가 없더라. 나 정말 행복해서, 즐거워서 웃고 있는 걸까? 언제 죽어도 이상하지 않은데 웃을 수 있다니 이상하지?"

그녀가 지금까지 말할 수 없었던 감정. 그녀의 두려움은 빠르게 다가오는 죽음 때문만이 아니라 병으로 인해 변해가는 자기 자신으로부터 느끼는 것이기도 했다.

"비 오는 불꽃 축젯날. 너 나 몰래 찍으려 했잖아? 그때 너는 나에게 시선을 고정하고 있었어. 누군가 있는 그대로의 나를 바라보고 있다는 느낌, 그게 정말 좋았거든."

그녀의 입에서 누구에게도 말할 수 없었던 생각이 차례차례로 쏟아져 나오고 있었다.

"그때 너와 친해져야겠다는 생각을 했어. 너의 눈동자는, 거리낌이 없는 너의 말들은 전부 있는 그대로의 아야베 카오리에게 향하니까. 네가 찍어준 나는, 자연스럽게 진심으로 웃고 있었어. 그래서 나는 너를 갖고 싶어졌어. 곧 죽는데, 나는."

그러고는 한 박자 쉬고서 말했다.

"다시 한번 말할게. 나는 너를 좋아해. 어쩔 수 없이 좋아해."

몇 시간 전에도 그녀에게서 들은 말이긴 했지만, 이번에는 사귀어달라는 말은 하지 않았다.

"나는……."

그녀의 말에 대한 대답을 나는 준비해 왔다.

"나는 너의 사진작가야."

"응."

"그러니까 아까도 말했듯이 난 널 좋아할 수 없어. 그게 약속이니까."

그녀는 똑바로 나를 지켜보았다. 분명 귀를 막고 싶은 마음이 간절할 텐데, 그래도 그녀는 도망치지 않았다.

그러니까 나도 마주해야 했다. 그녀의 마음을 받아들일 수 없는 분함과 하고 싶지 않은 이야기를 꺼내야 하는 불편함, 그녀로부터 도망쳐서는 안 된다.

"아하하, 아주 멋지게 차였네?"

"하지만……."

"……."

"너와 함께 있고 싶어. 너는 내가 생각지도 못한 생각이나 말을 해. 그럴 때마다 너에게서 많은 것을 배웠어. 너와의 시간이 즐거워."

나는 그녀가 소중하게 안고 있는 노트를 가리키며 말했다.

"게다가, 아직 내가 찍어줬으면 하는 게 많이 남아 있잖아."

"…이제 너도 충분히 이기적이야!"

그녀는 그렇게 말하고는 내 어깨를 한 번 두드렸다. 그러고 나서 마음이 풀렸는지 약간 홍조 띤 얼굴을 내 쪽으로 돌렸다.

"함께 있고 싶다니! 죽을 때까지 함께 하면서, 이런 좋은 여자를 사귀지 않은 것을 후회하게 해줄 테니까!"

"조금만 후회하게 해줘."

"이 노트에 쓴 내용, 다 이룰 때까지 데리고 다닐 거야!"

"응, 물론이지."

"…분명 죽을 때까지 계속 너를 좋아할 텐데 괜찮아?"

"영광이야."

"약속은 지켜야 해!"

"알아."

내 대답에 만족했는지 그녀는 전에 없이 행복한 미소를 띠고 있었다.

"테루히코를 계속, 나의 전속 사진작가로 임명해줄게!"

우리는 당직 선생님에게 들키지 않고 학교를 나왔다. 밤이 깊어서 집까지 바래다주겠다고 얘기했지만 그녀는 거절했다. 오늘은 그녀의 퇴원일이었다. 집에서 가족들이 기다리고 있는데 늦은 시간까지 나와 같이 있었다는 걸 가족들이 알게 되면 섭섭해할 거라는 말을 듣고는 물러설 수밖에 없었다.

"그럼, 또 보자."

"응, 다음에 또."

"가고 싶은 곳이 많으니까, 곧 연락할게!"

"준비 정도는 하고 싶으니까, 가능하면 미리 연락해주었으면 좋겠는데."

"생각해볼게."

아무래도, 언제라도 나갈 수 있도록 준비해둘 필요가 있을 것 같았다. 나는 그대로 등을 돌려 귀가했다.

귀가 후에도 앞으로의 일을 생각했다. 그녀로부터 도망치지 않기로 했다. 나는, 그녀의 사진을 찍을 것이다.

아빠의 마음을 알 것 같았다. 아빠는 사람들을 미소 짓게 하려고 카메라를 손에 쥐었다고 말했지만, 왜 카메라를 사용했는지까지는 생각해 본 적이 없었다. 아빠는 분명 환자들이 웃는 모습을 미래에도 간직하기 위해 카메라를 사용했을 것이다.

결말은 정해져 있다. 그래도, 내가 그녀의 모습을 미래에 남기겠다고. 최후까지 카메라를 잡겠다고 각오했다.

'내가 너의 영정 사진을 찍을 거야.'

제6장

그로부터 이틀 후 그녀를 만났다. 그녀는 가고 싶은 곳을 남은 여름휴가 안에 전부 갈 기세였다. 여름방학을 1초도 허비하고 싶지 않은 모양이었다.

첫 번째로 우리는 놀이공원으로 향했다. 나는 옛날에 딱 한 번, 가족과 온 게 전부여서 잘 알지는 못하지만 그래도 이 놀이공원이 어떤 곳인지는 있었다. 그만큼 유명하고 인기 있는 놀이공원이었다.

"아니, 이렇게 인기가 많을 줄은 몰랐어."

"하루도 빠짐없이 만실일 줄이야……."

가벼운 마음으로 놀이공원 직영 호텔을 왔는데, 8월은

전부 예약이 차 있다고 했다. 결국, 숙박은 포기하고 놀이기구를 만끽하기로 했다.

"이야, 정말 사람 많다!"

"어떻게 다들 놀이기구 몇 분 타자고 한 시간씩이나 기다릴 수 있는 거지? 이해가 안 돼. 여기야말로 대기 시간이 중요하지 않나? 기다리면서 즐길 거리가 있는 것도 아니고."

"그건 그것대로 괜찮지 않아? 자주 오는 게 아니니까 기다리는 시간을 얼마나 즐겁게 보내느냐도 중요하다고 생각해."

"놀이기구를 앞에 두고 스스로 즐길 방법을 찾다니 주객이 전도됐어."

"그렇게 부정적으로만 생각하지 말고! 현실과 다른 세계관을 만끽할 수도 있잖아. 이런 분위기는 여기서밖에 느끼지 못하니까!"

그 순간 셔터 소리가 울렸다. 그녀의 휴대폰에는 나와 찍은 사진이 몇 장이나 저장되어 있을까? 그녀는 내가 모르는 사이에 내 사진을 찍은 적이 많은 것 같았다.

"뭐 그래도 사진 찍기엔 좋은 장소일지도 몰라."

친구 단위, 가족 단위의 방문객이 많기 때문인지 사진

을 찍을 만한 곳이 많이 있었고 그녀의 말대로 마치 판타지 세계 같아서 촬영 장소로는 더할 나위 없었다.

"오! 올라간다! 대단해!"

"응, 맞아. 하지만 올라간다는 건 언젠가 떨어진다는 거야."

"후후, 그게 재밌는 거지. 넌 높은 곳이 무서워?"

"즐기진 않아."

"그치, 그럴 것 같았어. 나는 높은 곳이 좋아아아아아아!"

우리가 탄 놀이기구가 급강하했다. 나는 안전 바를 꽉 잡았다. 그녀는 소리 지르면서도 함박웃음을 지으며 두 손을 번쩍 들었다.

'지구 한가운데'라는 거창한 이름이 붙은 만큼 그 속도도 거창했다. 맞바람을 막는 커버도 없이 시속 75km로 떨어지는 놀이기구라 꽤 무서웠다.

출구로 나가는데 큰 화면에 우리의 사진이 떠 있었다. 놀이기구가 높은 곳에서 떨어질 때, 공포에 떠느라 사진에 찍힌지도 몰랐던 것이다. 우리는 망설임 없이 그 사진을 샀다.

웃으며 두 손을 들어 올린 그녀와 필사적으로 안전 바를 잡은 채 두 눈을 질끈 감은 내가 대비되는 사진이었다.

나로서는 감흥 없는 사진이었지만 그녀의 만족스러운 표정을 볼 수 있으니 이건 이것대로 괜찮다고 생각했다.

"네 버킷리스트, 하나 이뤘네."

"응, 그렇네! 고마워!"

그러나 그녀는 만족하지 못했고, 결국 그 뒤로 같은 놀이기구를 세 번이나 더 탔다. 트라우마가 생길 뻔 했지만, 네 번째 탔을 때는 놀이기구에 제법 익숙해져서 카메라를 잡고 그녀의 미소를 찍을 수 있었다.

"휴, 피곤해."

"트라우마가 생길 뻔했어. 잊지 못할 거야."

"오늘의 기억이 내가 살아 있었다는 증거가 되겠네!"

"그렇게 긍정적으로 해석하지 말아줄래? 트라우마로 남았으면 저주나 다름없었을 거라고."

연속해서 놀이기구를 타서 멀미가 나기도 했고, 그녀도 조금 지쳤다고 해서 적당한 음식점에 들어갔다. 적당하다고 해도 레스토랑이어서, 분위기도 가격도 그에 걸맞았다.

"나 이제 서 있기도 힘들어……. 여기가 너무 시원하고 아늑해서 한 발자국도 움직일 수 없어."

"동감이야. 나도 더는 아무것도 하고 싶지 않아."

놀이기구는 몇 번 타지 못했지만, 대기한 시간은 꽤 길었다. 이미 날은 저물었고 피로와 허기가 한계에 다다르고 있었다.

"아, 맞다!"

"피곤하니까 나중에 얘기할래?"

"아직 아무 말도 안 했잖아!"

"네가 하는 말이 날 지치지 않게 할 리가 없잖아."

"너무해! 하지만 이번에는 정말로 너에게는 폐가 되지 않을 거야."

'너에게는'이라는 말이 포인트였다. 정신 차리고 보니 그녀는 점원을 불러들여 주문하며 외쳤다.

"사장님, 항상 주문하던 거로요!"

"이 사람은 사장님이 아니잖아."

하지만, 그녀는 그런 건 중요하지 않다는 듯, 매우 만족스러운 미소를 짓고 있었다.

"좋니? 좋아?"

점원이 당황하는 게 느껴졌다. 뛰어난 고객 서비스로 알려진 놀이공원이어서 분명 직원 교육을 철저히 했겠지만, 그녀 같은 예상 밖의 손님에 대한 매뉴얼은 없는 것 같았다.

그녀에게 붙잡혀 곤혹스러워하는 점원이 안쓰러웠지만, 나는 그녀를 사진으로 담는 일에 집중했다. 그녀의 노트는 차곡차곡 채워지고 있었다.

며칠 뒤, 이번에는 먼 곳으로 떠났다.

그녀는 우유니 소금 호수에 가고 싶다고 억지를 부렸지만, 역시 고등학생 둘이서 바다를 건너 지구의 반대편으로 갈 수는 없는 일이었다. 대신 국내의 관광 명소로 가자고 그녀를 달랬다.

그녀의 부모님은 딸이 하고 싶은 것은 다 하게 해주는 듯했다. 그녀가 안하무인으로 요구해도 말이다. 우리 엄마도 그녀에 대한 일이라면 긍정적으로 반응해서 결과적으로 우리의 여행 자금에 대해서는 전혀 걱정하지 않아도 됐다.

지금까지 그녀가 고등학생 신분으로는 쓰기 힘든 큰 금액을 쓸 수 있었던 것은, 이러한 부모님의 지원이 있어서 가능했을 것이다.

"나, 시코쿠는 처음 와봐!"

"나도. 홋카이도나 규슈에는 가본 적이 있지만, 시코쿠는 처음일 거야."

우리는 이른 아침부터 신칸센을 타고 오카야마역에 도

착했다. 그곳에서 버스로 갈아타고 시코쿠로 향했다.

둘이서 갔던 곳 중에 가장 먼 곳이었다. 신칸센을 탄 시점에서 그녀는 끓어오르는 에너지를 주체할 수 없는 듯했지만, 시코쿠로 향하는 버스에서는 그 기세가 가라앉았다. 문득 옆을 바라보니, 그녀는 어느새 잠들어 있었다.

생각해보면 그녀가 잠든 모습을 보는 것은 처음이었다. 그녀와 산장에서 하룻밤 묵었을 때는 어두워서 제대로 보지 못했으니까. 카메라를 꺼내 그녀를 깨우지 않도록 최대한 조심하면서 셔터를 눌렀다. 카메라 앞에서 한껏 자세를 취하는 평소의 그녀도 좋았지만, 이렇게 무방비한 모습도 그녀다운 매력이 느껴져서 좋았다.

사진을 찍은 뒤에 카메라를 내려놓는 과정에서 그녀가 내 어깨 쪽으로 기대어왔지만 밀어내지는 않았다. 그녀의 머리에서 산뜻한 샴푸 향이 느껴질 정도로 밀착된 지금, 여기서 조금이라도 움직이면 그녀가 깰 것 같아 잠이 오지 않아도 눈을 감았다.

"곧 도착해."

내 말을 듣고 일어난 그녀는 멍한 시선으로 창밖을 보았다. 총 여덟 시간의 이동 끝에 바다가 보이기 시작했고, 졸린 그녀의 눈망울도 활짝 열렸다. 오렌지색 노을로 온 세상이 물들어 있었고 버스 정류장부터 해변까지 곧장 이어져 있었다.

"우와!"

"와"

그 광경을 본 우리 둘은 동시에 감탄했다.

"테루히코! 어서 모래사장 쪽으로 가보자!"

"그래."

역시 '일본의 우유니 소금 호수'라 불리는 만큼 다른 관광객들의 모습도 제법 보였지만 붐비지는 않았다.

썰물 때 생긴 웅덩이의 투명한 수면 위로 모든 것이 비쳤다. 마치 우리가 있는 세계가 다른 세계와 연결된 것이 아닐까 생각이 들 정도였다.

그녀는 그 수면에 자신의 모습을 비춰보고 있었다.

"어때? 반나절 걸려 온 보람이 느껴져?"

"응! 너무 예뻐!"

그녀는 기운을 되찾았는지 빙글빙글 춤을 추듯 돌며 온몸으로 그 기쁨을 표현했다.

"그렇다면 다행이야. 볼리비아에 가지 않아도 돼서."

"볼리비아?"

"우유니 소금 호수가 거기에 있거든."

볼리비아에 가려면, 이동 시간만 해도 지금의 몇 배가 걸린다. 그래도 언젠가 온 세상이 반사되는 경치를 그녀와 둘이 보러 가도 좋을 것 같다는 생각을 했다.

"그건 그렇고, 밤하늘을 보러 갔을 때도 그렇지만 너와 멀리 나갈 때마다 꼭 날씨가 좋네. 너 혹시 하레온나*야?"

"분명 신이 날 동정하는 거야. 수명을 짧게 한 대신 다른 것은 편의를 봐주는 거지."

"신이 자기 맘대로네."

"그날 너를 만난 것도 신의 배려일까?"

사람과의 만남까지도 신의 동정으로 생각하는 건 안타까웠다. 그녀가 원한다면 그때가 아니더라도 어떤 방법을 써서든 나와의 접점을 만들었을 것이다.

"나랑 만난 거 후회하고 있었지!"

"아니, 만나서 다행이라고 생각하고 있었어."

내 대답에 그녀의 눈동자가 흔들렸다.

"어? 아, 아하하하 왜 그렇게 갑자기 솔직해지실까?"

"자, 반나절이나 걸려서 여기까지 왔으니까 질릴 때까

---

* 중요한 날이나 여행을 떠날 때 날씨가 맑은 경우, 축복받은 여자라는 의미로 농담 삼아서 부르는 별명이다.

지 사진을 찍어보자."

"응, 그러자!"

나와 그녀의 이 애매한 관계는 카메라가 있어야 이어질 수 있으니까 목적에 충실해지고 싶었다.

채도를 다시 설정해서 해 질 녘의 풍경을 눈으로 보는 것과 비슷하게 만들고 셔터를 눌렀다. 오렌지색 석양이 물웅덩이에 반사되어 온 세상이 물든 모습은 가히 환상적이었지만, 역광인 탓에 그녀의 표정은 제대로 찍히지 않았다.

"어때? 지금 찍은 사진인데."

나는 그녀의 의견이 궁금해졌다. 사진은 사진작가의 기량에 따라 결과물이 달라진다고 생각했지만, 그녀를 만나면서는 모델과 함께 만들어가는 것임을 배웠다.

"우와 대단해!"

"네 표정이 잘 안 보여서 아쉬워."

"사진은 예쁘니까 괜찮지 않을까?"

"나는 너의 사진작가야. 네가 찍히지 않으면 의미가 없어."

나의 진지한 목소리에 그녀는 순간 놀란 기색이었지만 "그렇게 생각할 수도 있겠네." 하고 수긍했다.

그녀가 자신의 휴대폰으로도 찍고 싶다고 했기 때문에 휴대폰 카메라로 노을을 잘 찍는 요령을 알려주고, 최근에는 일과처럼 된, 나와 그녀의 투 샷도 찍기로 했다.

　우리는 그 환상적인 경치를 석양이 질 때까지 계속 찍었다.

*

　"너무 피곤하다……."

　"요새 연달아 외출하고 있으니까 피로가 쌓일 만하지."

　촬영을 마친 뒤 식사도 거르고 곧바로 근처 호텔로 가서 숙소를 구했다. 다행히 빈 객실이 남아 있었었다.

　다만, 그녀의 버킷리스트 중 하나인 '야경 찍기'를 달성할 수 있도록 층수가 높고 뷰가 좋은 방으로 잡았다. 그 때문에 "이런 방은 워낙 비싸니까 돈이 엄청나게 깨질 거야."라는 아주 그럴싸한 그녀의 주장에 못 이겨, 결국 객실은 하나만 사용하기로 했다.

　침대가 하나밖에 없지만 고급스러운 소파가 있어 두 명이 자는 데는 문제가 없을 것 같았다.

　내가 호화로운 실내를 구경하는 동안, 그녀는 잽싸게 욕실로 들어가버렸고 그녀가 목욕하는 동안 따분했던 나는 호텔에 딸린 편의점으로 가 저녁거리를 샀다.

객실로 돌아왔을 때 얇은 옷을 입은 그녀가 시야에 들어왔다. 그녀는 물기가 남아 있는 머리를 쓸어내리며 창밖의 경치를 바라보고 있었다.

"오, 뭐 사 온 거야?"

내 쪽을 힐끗 쳐다보더니 왼손에 든 비닐봉지에 눈길이 갔는지 그녀가 흥미롭게 말했다.

"저녁거리야. 오늘은 간단하게 때우자."

"내 것까지 사 와줘서 고마워."

고맙다는 것 치곤 대답이 건성이었다. 그녀는 다시 밖으로 시선을 돌렸다. 가녀린 등이 왠지 쓸쓸하게 보였다.

"나 지금 너무 행복해."

체념이 섞인 듯한 말투로 그녀는 이어서 말했다.

"바다가 보이는 야경은 조용하고 너무 예뻐. 이 경치를 너와 보기 위해 병에 걸렸다고 한다면, 신을 용서할 수 있을 것 같아. 나는 만족해."

만족한다는 그녀의 말이 슬펐다. 그녀답지 않았다.

"그렇게 간단히 용서할 일은 아니라고 생각하는데."

"그렇지만 건강한 대신 너랑 이렇게 지낼 수 없다고 생각하면, 역시 나는 지금의 내가 더 행복하다고 가슴을 펴고 말할 수 있어."

"너는 진지하게 대화할 수 없는 병에 걸렸니?"

그녀의 장난에는 언제나 상냥함이 담겨 있었다. 내 냉소적인 대답에 어색한 분위기가 되는 것이 싫어서 그랬을 수도 있지만 말이다. 바로 지금처럼.

"그럴지도 몰라! 대체 병을 몇 개나 앓고 있는지 모르겠네! 큰일이야!"

나는 뒤돌아선 그녀의 모습을 바라보며 셔터를 눌렀다. 내가 찍을 줄 알고 있었던 것처럼, 저 멀리 끝없이 이어진 광활한 밤바다를 배경으로 그녀는 자세를 취했다.

"앗! 여기서도 별이 보여!"

"역시 인공 불빛이 적으니 도시보다 훨씬 많이 보이네."

"…아, 나도 별이 되고 싶다."

그녀가 아무리 만족스럽다고 해도, 그녀가 아무리 행복하다고 해도 다가오는 현실은 변하지 않는다.

그녀가 후세에 빛을 남기는 별이 되지 말고 앞으로도 계속 나의 카메라 앞에서 빛나는 모델로 있어 주었으면 좋겠다고, 그렇게 생각했다.

"베가도 알타이르도 잘 보여! 저게 우리 별이란 말이지?"

"뭐 그렇다고 해두지. 나는 내가 저렇게 밝게 빛나는

별이라고 생각하지는 않지만 말이야."

"그럼 나는 네가 견우님이 되어줄 때까지 기다리고 있을까?"

기다리고 있겠다. 그 말은 그녀의 처지에서 하기에 참으로 부자연스러운 말이었다.

내 가슴속에 무겁게 얹히는 그늘진 감정이, 나를 아무 생각도 할 수 없게 만들었다. 그녀의 말이 머릿속에서 맴돌았다. 그녀는 어디서 나를 기다리고 있겠다는 것일까?

불안해진 나는 그녀의 손을 잡고 힘주어 당겼다. 평소의 나답지 않은 행동이었다. 잠시 침묵이 흘렀다. 그녀의 표정을 보자, 문득 정신이 들었다. 놀라서 한껏 커진 그녀의 눈망울……

"왜 그래…?"

"미안."

나는 순간적으로 손을 놓았다. 나는 지금 무엇을 하려고 했을까? 자신의 행동을 이해할 수 없었다.

"아, 혹시 키스라도 하고 싶어졌어? 잠깐만, 너는 내 사진작가잖아. 약속을 어기면 안 되지."

그녀가 일부러 익살스럽게 말해왔지만, 나는 아무 말도 하지 못했다.

"뭐라고 대답이라도 해. 분위기 이상해지잖아."

"…불안해졌어."

"응? 뭐가?"

"오늘의 너는 조금 이상해. 아니, 항상 이상한 사람이라고 생각하지만, 오늘은 특히 이상해."

"자네, 이 혼란을 틈타 심한 말을 하는군."

병원에서 멀리 떨어진 곳으로 온 탓에 나도 모르게 불안해진 건지도 모른다. 내가 생각이 너무 많은 것일지도 모른다. 하지만 아무래도 불안했다.

"아직 안 죽지?"

그 무엇보다 궁금했지만, 쉽게 물어보지 못했던 것을 입 밖으로 꺼냈다.

그녀가 다른 사람들보다는 조금 일찍 죽을 것이라는 건 알고 있었다. 그녀도 나도 그 결말을 예상 못 하는 건 아니지만, 그녀가 없는 날들을 생각하고 싶지 않았다.

"…후후후. 괜찮아. 아직까지는."

"정말?"

"정말로. 내가 제멋대로이기는 하지만, 말도 없이 죽거나 하지는 않을 거야. 그러니까 안심해도 돼."

하지만 찰나의 순간 비친 그녀의 슬픈 표정을 나는 놓

치지 않았다. 나는 처음으로 그녀의 말을 믿지 않았다.

"…그렇구나. 그럼 됐어."

"걱정해주는 거야?"

"아니."

"정말이지, 솔직하지 못하군."

아직 그녀를 모델로 한 최고의 사진을 찍지 못했기 때문이기도 하지만, 분명 그것 말고도 나는 그녀가 죽지 않았으면 좋겠다고 생각했다.

그 후, 우리는 편의점 음식을 나눠 먹었고, 내가 목욕을 하는 사이에 그녀는 퀸사이즈의 침대를 혼자 점령한 채 쉬고 있었다.

"오늘은 네가 원하는 대로 우유니 소금 호수 같은 곳에서 사진을 찍을 수 있어서 다행이야. 버킷리스트 또 하나 이뤘네."

"……."

대답으로 그녀의 기분 좋은 숨소리가 돌아왔다. 면역력이 약한 사람이 여행하느라 분명 피로했을 것이다. 만약 그녀의 노트가 모두 채워진다면, 그녀와 나는 어떻게 될까.

무슨 꿈을 꾸는지는 모르지만 잠꼬대를 하는 그녀에게

담요를 덮어주었다. 그때, 그녀가 내 팔을 잡았다.

"…떠나지 말아줘……."

"너야말로."

나는 그 가느다란 손에 실린 미약한 힘이 빠질 때까지 그녀 곁에 있었다.

여행에서 돌아온 뒤로도 그녀가 가고 싶다고 하는 곳으로 가서 우리는 줄곧 사진을 찍었다. 비 오는 날은 수족관, 맑은 날은 동물원… 흐린 날도 바람이 부는 날도, 우리는 만나서 사진을 찍었다. 정신을 차리고 보니 여름방학도 절반이 지난 뒤였다. 고등학교 2학년 여름방학의 추억은 대부분 그녀로 가득 차 있었다.

여행 준비를 같이하기로 한 날이었다. 그런데 그날 아침, 그녀로부터 메시지가 도착했다. 검사를 위해 일주일간 재입원을 하게 됐다는 내용이었다.

나는 곧 그녀가 입원한 병원으로 향했다. 그녀와 어울리기 시작하고, 라고 할까. 본격적으로 사진을 찍기 시작한 지 아직 한 달 반밖에 지나지 않았지만, 매일같이 만나서 그런지 더 긴 시간을 함께한 기분이 들었다.

병문안을 갈지 말지 고민했지만, 결국 병실 앞에 섰다. 첫 병문안이었다. '아야베 카오리'가 적힌 병실 문을 두드렸다.

"네, 들어오세요."

그녀다운 긴장감 없는 대답이 나를 웃음 짓게 했다.

"병문안 왔어."

"…어? 너한테 어느 병원인지 가르쳐준 기억은 없는데?"

"엄마 근무지 정도는 알고 있으니까."

"토모코 씨 생각을 못 했네!"

그 후에도 "올 거면 온다고 미리 말해줄래?"라며 투덜 댔지만 가지고 온 젤리를 보여주자 곧바로 얌전해졌다.

나는 병실 침대로 다가가 누워 있는 그녀에게 젤리를 건넸다.

"그래서, 몸은 좀 어때?"

"아니, 뭐 괜찮아! 한두 번 있는 일도 아니고!"

그녀는 젤리를 먹느라 나의 말 따위는 안중에도 없는 것 같았다.

"게다가 검사도 아직 다 안 끝났고 결과도 안 나와서 특별히 말할 게 없는걸. 그건 그렇고 너도 젤리 먹어봐. 진짜 맛있어!"

내가 가지고 온 것인데도 그녀는 의기양양한 표정으로 말했다.

"내 말 맞지?"

여러 맛 젤리 중에서도 나는 청포도 맛을, 그녀는 거봉 맛을 고른 거 보면 아무래도 입맛이 비슷한 것 같았다.

"과일 먹으러 가고 싶어. 별도 보고 싶고."

"그렇네."

"겨울의 밤하늘도 보러 가야지."

"겨울철이면 포도는 거의 없겠지만."

"아, 그래?"

"겨울이면 귤이나 딸기가 제철이지."

"딸기!"

그녀는 딸기를 좋아하는지 크게 반응하며 딸기 맛 젤리를 꺼내 들었다.

"실은 딸기의 제철은 4월경이야."

"그래?"

"크리스마스에 찾는 사람이 많아서 대부분 비닐하우스에서 키우거든. 그렇게 겨울에 많이 보다 보니 겨울철 과일처럼 느끼게 된 것 같아."

"과일의 제철까지 바꿀 수 있구나. 하지만 그건 어쩔 수 없는 일이네. 딸기가 없는 생크림 케이크는 영 심심하거든."

그녀가 딸기 맛 젤리를 입에 넣으며 한숨을 쉬고서 말했다.

"내 제철도 앞당길 수 있으면 좋겠다."

"이루기 힘든 말을 하네."

"사람의 제철은 아마 20대에서 30대 사이겠지? 난 그때까지 못 살잖아. 그러니까 죽기 전에 어른이 돼서, 그 시기를 지내보고 싶어. 10년 더 성장한 나는 틀림없이 글래머러스하고 귀여운 언니가 되어 있겠지!"

그녀가 지금 이렇게 병상 위에서 웃는 얼굴로 있으니 나도 의연해야 한다고 생각했다.

"그건 기대되네."

"넌 별로 지금이랑 다르지 않을 것 같은데?"

"무슨 말이야. 나도 분명 훈훈한 남자가 되어 있을 거야."

"과연 그럴까?" 하고 웃는 그녀를 보고 있자니, 나의 불안은 가슴 속 깊은 곳으로 사라져버린 것 같았다.

그 후에도 시답지 않은 이야기를 이어가다가, 젤리 한 통을 다 비운 그녀가 말했다.

"있잖아, 앞으로 병문안은 오지 않아도 돼."

"…갑자기 와서 민폐였지?"

"그건 아니지만, 그래도 곤란하다고 해야 하나."

"그랬구나, 미안."

"분명 네가 병실을 나가고 나면, 금방 또다시 만나고 싶어져서 힘들 거야. 매일 만나러 와달라고 얘기해버릴 것 같거든. 그래서 이제 오지 말았으면 좋겠어."

그녀의 쓸쓸한 표정이 시야에 들어왔다. 나는 순간적으로 카메라를 잡았다.

"어, 뭐야?"

"나는 너의 사진작가잖아. 너의 순간순간을 찍는 것뿐이야."

그렇게 말하고 셔터를 눌렀다.

"너는 항상 웃고 있잖아. 쓸쓸한 표정은 좀처럼 보기 힘드니까 찍어놔야지."

"그런 거 찍지 마. 나는 그런 사진은 부탁한 적 없거든?"

그녀가 팔로 얼굴을 가렸다. 그래도 개의치 않고 나는 셔터를 눌렀다.

"내가 찍고 싶어."

"어?"

"너의 모든 순간을 내가 찍고 싶어졌어."

그녀는 가만히 나를 바라보았다.

"나는 수동적인 사람이야. 너와 같이 다니는 동안에는 네 의견에 따르느라 조금 더 수동적으로 보였을지도 몰라. 하지만 지금은 내가 너를 찍고 싶어. 네가 사진을 찍어달라고 해서 찍는 게 아니야."

"어째서…?"

나답지 않은 말에 그녀는 동요를 감추지 못했다. 나는 말을 이어갔다.

"나는 꼭 여든 살까지는 살 거야."

"어?"

"나는 최소한 여든 살까지는 살 생각이야. 그 긴 세월을 살다 보면 수동적인 나라도, 분명히 제멋대로 굴 때가 있지 않겠어? 지금 사진을 찍고 있는 것처럼 말이야."

"응."

"그러니까 너도 네가 죽기 전까지는, 네게 주어졌어야 할 수십 년의 몫만큼 제멋대로 굴어도 좋아."

"…정말로?"

"응. 신이 허락하지 않아도 뭐 어때. 적어도 나한테 이 기적으로 굴고, 어리광 부리고, 그런 것까지 막을 순 없을걸?"

나의 엉뚱한 말에 그녀는 눈을 동그랗게 뜨고 어리둥

절한 표정을 짓더니, 이내 즐거운 듯이 웃었다.

"ㅎㅎㅎ, 그게 뭐야! 아하하하!"

"뭐, 그렇다고. 하고 싶은 걸 참는 건 너랑 안 어울려."

"그건 나도 알고 있어."

"스스로에 대해 잘 알고 있는 건 좋은 일이야."

"그럼, 바로 내가 하고 싶은 거 얘기할게!"

"뭐가 더 있어?"

"한 달 뒤에 유성군이 흐를 예정이래! 같이 보러 가자."

"긍정적으로 생각해볼게."

그녀의 웃음소리를 뒤로 하고 나는 병실을 나갔다.

"아마노 군."

오랜만에 그녀가 성으로 나를 불렀다. 뒤돌아보니 그녀가 함박웃음을 짓고 있었다.

"정말 좋아해."

"……."

"퇴원하면 제일 먼저 너를 만나러 갈게!"

일주일 후, 그녀가 얘기했던 퇴원 날이 됐지만, 그녀가 나를 만나러 오는 일은 없었다.

제7장

그녀가 퇴원하기로 한 날, 2주 더 입원해 있어야 한다는 소식을 듣고 나는 낙담했다.

검사 기간이 늘어났을 뿐이라고, 본인으로부터 들었기 때문에 많이 걱정되지는 않았지만, 불안함이 가시지는 않았다.

불안함이 더 커지기 전에 현상한 사진을 정리하는데 집중하기로 했다.

처음 찍은 옥상에서의 사진부터 호텔에서 찍은 밤바다를 배경으로 한 사진까지 대충 세어봐도 300장이 넘었다. 그만큼 나와 그녀 사이에 추억이 쌓였다는 것이겠지.

"영정 사진이라……."

식사하고 행복한 표정을 짓고 있는 사진이나 무방비한 얼굴로 자고 있는 모습처럼 내가 멋대로 찍은 사진들까지, 나중에 찍은 사진일수록 자연스럽게 웃고 있는 비율은 높아졌지만 영정 사진에 어울리는 사진은 없었다.

영정 사진으로는 일상 속에서 예쁘게 찍힌 사진이나 영정 사진을 목적으로 진지하게 찍은 걸 주로 쓰지만, 그녀의 영정 사진만큼은 그렇게 골라서는 안 된다는 생각이 들었다.

골머리를 앓다가 어느새 잠들어버렸는데, 전화벨 소리에 잠이 깼다.

"여보세요."

상대의 대답이 없어 순간 의아해하고 있는데, 전화 너머로 익숙한 목소리, 하지만 낯설게 느껴지는 말이 고막을 흔들었다.

"…힘들어, 진짜 너무 힘들어. 그러니까 빨리 와!"

초조해하는 그녀의 목소리에 졸음이 단박에 날아가버렸다. 한밤중의 거리를 오토바이로 달려 곧바로 병원에 도착했다. 그녀는 병원 인근의 역 앞 벤치에 앉아 있었다.

밤이라고 해도 한여름이니 전혀 춥지 않은 날씨였지

만, 그녀는 긴소매를 입고 있었다.

"무슨 일이야?"

"힘들었어."

갑자기 말을 걸어도 그녀는 놀라는 기색 없이 고개를 숙인 채 말했다.

"왜 그래, 무슨 일 있어…?"

불러낸 이유도 궁금했지만 지금 그녀의 건강은 어떤지도 궁금했다.

"너를 만나고 싶었어."

그녀는 내 쪽으로 시선을 돌렸다. 나를 보는 눈에 안정감이 스며들었다.

"널 보고 싶은데 못 봐서, 그게 힘들었어. 그렇다고 너더러 너를 병원 안까지 몰래 오라고 할 수는 없으니까 내가 밖으로 나왔어."

"그것 때문에 밖에 나온 거야?"

"응, 그렇지."

"……."

어안이 벙벙했다. 나는 당장 그녀의 몸에 무슨 일이 있는 줄 알고 정신없이 달려왔는데 말이다.

"한숨 쉬지 마."

"한숨 쉬게 하지 마."

불안한 예감은 다행히 기우로 끝난 것 같았다.

"그럼 병원으로 돌아가자."

"아니, 싫어. 모처럼 만났는데 바로 들어가라니… 너무해…….'"

"아무래도 밤중에 병실을 빠져나오면 안 될 것 같아서."

"만약 이대로 헤어지고 내가 내일 죽으면 너는 분명히 후회할걸. 중요한 건 지금 어떻게 하고 싶은가야. 나는 너랑 얘기하고 싶고 같이 있고 싶어. 너는?"

"…조금만 걸을까?"

중요한 것은 그녀가 어떻게 하고 싶은가였다. 차도 사람도 없는, 큰길 한가운데를 걷다 보니 이 세상에 그녀와 나밖에 없는 것 같은 기분이 들었다.

"테루히코, 오늘은 카메라 갖고 왔어?"

"아, 미안해. 급하게 오느라 카메라는 안 가져왔어."

"그렇구나. 그럼 오늘은 사진으로 기록되지 않아서 다른 사람은 볼 수 없으니까, 나와 너만의 시간인 셈이네?"

그렇게 말하고 그녀는 진심으로 즐거운 듯이 웃었다.

약 한 시간 정도, 그녀와 주변을 돌아다녔다. 병원 인근이지만 그녀가 한 번도 가보지 않은 장소도 의외로 많아서 그녀도 새로워하는 것 같았다.

문득 시야에 들어온 빨간 벽돌 건물을 보니 어떤 할머니와 그녀와 나, 이렇게 셋이서 사진을 찍었던 일이 떠올랐다. 갑자기 그 시간이 그리워졌다. 그리고 그녀도 나와 같은 마음인 듯했다.

"얼마 전 일인데 한없이 오래전 일인 것처럼 느껴져."

"그때의 나는 너를 너무 몰랐던 것 같아."

"후후, 나를 알게 되어서 기쁘지?"

"응, 기뻐."

나는 순순히 고개를 끄덕였다. 여기까지 와서 쑥스럽다는 이유로 진심을 숨기는 짓은 하고 싶지 않았다.

"너는 그때보다 좀 더 솔직해진 것 같아."

"네 앞에서는 그렇게 되네."

"고마워."

깊은 밤이라서 그런 걸까. 쓸쓸함마저 느껴지는 바깥 공기에 우리까지 헛헛한 마음이 들 것만 같았다. 감상적으로 되고 싶지 않기 때문에, 우리는 곧바로 그 자리를 떠났다.

편의점에 들러 간식을 사먹은 다음, 갈 만한 곳을 찾다 오락실에 들어왔다.

"항상 날 카메라로 찍어줬지만, 가끔은 이런 것도 괜찮지?"

그녀는 스티커 사진기를 발견하곤 반강제로 나를 끌고 가 사진을 찍었다. 현상돼서 나온 사진에는 한없이 어색한 표정의 나와 웃음을 참는 그녀가 우스꽝스럽게 찍혀 있었다.

"내가 전에도 말했지만 나는 사진 찍히는 걸 잘 못해."

"흐흐흐, 이것도 좋은 추억이네."

스티커 사진에 시선을 고정한 채, 그녀는 한밤중의 대로를 춤추는 듯한 스텝으로 걸어갔다. 가로등 아래에서 경쾌하게 움직이는 그녀는 마치 한 명의 무희 같았다.

"창피한 추억이기도 하고."

"그렇게 말하지 마. 나를 즐겁게 해줬으니 너의 부끄러움은 헛되지 않았어!"

"내 수치심은 너를 유쾌하게 하기 위한 것이 아닌데 말이야."

그렇게 말하면서도, 그녀의 만족스러운 미소를 보고 있으면 기분이 나쁘지는 않았다. 그렇게 생각하던 때, 갑자기 그녀의 몸이 기울었다.

반사적으로 손을 뻗어 그녀의 팔을 잡았다. 어떻게든

넘어지는 것은 막았지만, 돌발적인 상황에 놀란 내 심장이 요동을 쳤다.

"아, 미안해, 고마워."

"무슨 일이야?"

"별일 아니야. 조금 헛디뎠어. 요즘 안 걸어서 그런가 봐."

"네가 넘어져서 다치기라도 하면……."

"그래, 조심할게."

그녀가 무사한 걸 확인하고 나서 잡았던 팔을 놓으려고 했다.

"놓지 마."

하지만 그럴 수 없었다. 그녀가 내 손을 잡았기 때문이었다.

"응?"

"떠나지 마."

"아무래도 오늘 뭔가 이상해. 무슨 일 있어?"

오늘 그녀의 모습은 평소와 같지 않았다. 연기하고 있다고 해야 할까, 어딘가 부자연스러워 보였다. 그러나 그녀는 내 물음에 대답하지 않았고 갑자기 내 품 안에 안겨왔다.

"왜, 왜 그래?"

그녀는 내 등 뒤로 감은 팔에 힘을 실어 온몸을 밀착시켰다.

"사실은 계속 이러고 싶었어. 너의 온기를 느끼고 싶었어."

차 한 대 다니지 않는 왕복 8차선 도로, 그 위를 가로지르는 육교에서의 포옹. 육교는 나와 그녀 둘만의 세계였다. 우리를 막을 사람은 아무도 없고, 그 모든 것이 허락된 공간이었다.

"네가 말했지? 얼마든지 하고 싶은 대로 어리광 부려도 좋다고."

"얼마든지는 아니고, 네 인생의 할당량만큼이야."

"그걸 얼마든지라고 하는 거야."

"그런 건가."

"그런 거야. 내 어리광은 이렇게 안고 싶을 때 안는 거야."

"그럼 어쩔 수 없지."

나도 그녀의 등에 손을 둘렀다. 그녀에게 하고 싶은 대로 하라고 한 건 나였기 때문에 안 된다고 할 명분도 없었다.

"후후, 나한테 얼마든지 어리광 부려도 된다고 한 말, 후회하지 마."

"안 할 거야."

그리고 우리는 서로 껴안았다. 이건 사랑이 아니라, 그녀의 어리광을 받아주는 것이다. 그렇게 생각하지 않으면 용서받지 못할 것 같았다.

얼마나 오래 껴안고 있었을까. 차가 달려오는 소리에 우리는 자연스럽게 다시 걷기 시작했다. 그 후, 목적지 없이 걸어다니다 해변으로 이어지는 계단에 앉았다.

"있잖아."

"응?"

"또 하나, 하고 싶은 거 말해도 돼?"

"그래, 말해봐."

내가 고개를 끄덕이자 그녀는 크게 숨을 들이마시고 내 가슴팍에 손을 대며 말했다.

"…키스, 하고 싶어."

던져진 그 말의 의미를 헤아리며 옆에 앉은 그녀를 바라보았다. 그녀도 붉어진 얼굴을 돌려 우리는 마주 보았다. 그러나 나는 아무 대답도 하지 못했다.

"너한테 안겨서 하고 싶은 이야기를 하고 나면 병실로

돌아갈 생각이었는데, 막상 그러고 나니 돌아가고 싶지 않더라고. 키스하면, 나 미련 없이 병실로 돌아갈 수 있을 것 같아."

"입원 기간이 2주나 연장되어서 그래…?"

"그것도 이유일 수 있지. 하지만, 그뿐만이 아니라, 나는……."

그녀의 가면이 벗겨진 것처럼 느껴졌다. 이게 그녀의 본모습이었다. 담당 의사는 물론 가족도 본 적 없을 것 같은, 있는 그대로의 모습.

그녀의 볼에 한 줄기 빛이 흘렀다. 이 밤하늘 아래 가장 아름다운 빛이라고 생각했다.

"죽고 싶지 않아……."

그녀는 지금까지 줄곧 혼자 속으로 삼키고 있던 나약함을 드러냈다. 그건 스스로에게 말하는 것 같기도 했고 내게 말하는 것 같기도 했다.

"매일 밤 잠드는 게 무서워. 다음 날 깨어나지 못할까 봐……."

"……."

"의사 선생님이 말을 꺼낼 때마다 가족들이 걱정할까봐, 친구와 보내는 일상이 사라질까봐, 나에게 현실을 자각시키는 그 모든 것들이 두려워."

그간 혼자 감당해왔던 두려움을 몰아치듯 쏟아낸 그녀가 숨을 고르고 나서 이어 말했다.

"하지만 그 무엇보다도… 너와 다시는 만나지 못한다는 게 너무 무서워."

견디지 못할 만큼 죽음이 무서운 이유는 나를 떠나야만 하기 때문이라고 했다. 그리고 나도 그녀와 떨어지는 것이 무엇보다 두려웠다.

나는 그녀의 영정 사진을 고를 때 위화감을 느꼈던 이유를 비로소 알 것 같았다. 단 한 장의 사진에서도, 그녀에게서 일말의 두려움을 느낄 수 없었다. 그녀는 언제나 기쁨과 행복만을 정제한 듯한 웃음을 짓고 있었다.

그녀도 죽는 게 두려웠구나.

그녀가 지금까지 이렇게 웃을 수 있었던 것은, 그 속에 슬픔과 괴로움을 꽁꽁 숨겼기 때문이다. 얼마나 외롭고 힘들었을까. 상상조차 할 수 없었다.

"솔직히 나는 네가 죽는 게 두렵지 않은 줄 알았어."

"두렵지 않다고는 얘기할 수 없지만, 현실을 받아들이긴 했어."

"그렇다면……."

"내가 이렇게 된 게 테루히코 탓이라고 생각하는 거야?"

그녀는 조금 화가 난 듯했다.

"네 탓이라고 할 수 있을지도 모르지. 너를 만나면서 나는 변했으니까."

그리고 이어 말했다.

"너의 상냥한 온기를 느끼고, 마음을 나누다 보니 좀 더 살고 싶어졌어. 너랑 더 오래 같이 있고 싶어졌어. 많은 곳을 함께 가고 싶고, 여러 가지 일을 같이하고 싶어졌어. 너와 사랑에 빠지고 싶어졌어."

내가 어떻게 해줄 수 없는 소원이었다. 돌이켜보면 이 소원이 이뤄지기를 그녀는 절실하게 바랐던 것 같다.

"가자. 내가 같이 가줄게."

"하지만 이제 그럴 시간이 없어."

그녀의 목소리가 차갑게 다가왔다.

"2주 후에 수술한대. 내일부터는 무균실에서 치료받아야 해. 전에도 말했지? 나에게 맞는 골수를 찾고 있다는 거. 하지만 아직까지 찾지 못했고, 상태가 더 나빠지기만 할 뿐이어서 내게 맞지 않는 골수라도 이식받기로 했어."

수술에 따른 위험이 적지 않다는 것은 그녀가 말하지 않아도 알 수 있었다.

"이 말을 하려고 오늘 너를 부른 거야."

그녀가 희망을 품으면 품을수록 현실은 더욱 잔인하게 느껴졌다.

"지금까지 고마웠어."

*

그녀는 병문안을 완강히 거부했다.

초조함과 답답함을 이기지 못하고 엄마에게 그녀의 근황을 물었다. 무균실 안에서 많은 양의 약과 방사선이 투여된 부작용으로, 머리카락이 빠지고 온몸에 푸른 멍이 생겼다고 했다. 그래서 그녀가 나를 만나고 싶어 하지 않는 것 같다고, 엄마는 그렇게 말했다.

신이라는 게 정말 존재한다면, 나는 그녀의 생명이 위험에 처하게 만들어버린 신을 용서하지 않을 것이다.

2주가 흘렀다. 시간은 아무렇지도 않게 흘러갔다.

그녀의 수술은 실패했다.

그녀의 몸은 이식받은 골수에 거부 반응을 일으켰다.

그 소식을 듣고도 나는 생각보다 침착했다. 오히려 전화 너머 엄마의 목소리가 더 떨리는 것 같았다.

그것은 내가 그녀의 현실을 받아들이지 못했기 때문일

까, 아니면 그녀의 최후를 오래전부터 각오하고 있었기 때문일까.

엄마와 통화를 마친 후, 나는 내가 해야 할 일에 집중하기로 했다. 그녀와의 약속은 달라지지 않았다.

나는 그녀의 전속 사진작가다. 내가 해야 할 일은 하나뿐이었다. 눈앞에는 그녀와의 추억이 말 그대로 쌓여 있었다. 어느 사진을 봐도 그때의 기억이 선명하게 떠올랐다. 그녀와의 시간을 떠올리는 것만으로도 당시 느꼈던 즐거움이 되살아나는 것 같았다. 그리고 떠올리면 떠올릴수록 가슴 한편이 조여왔다.

즐거움과 함께 괴로움도 쌓여갔다. 괴로웠지만, 해야만 했다. 그 일념으로 사진을 뒤졌다. 하지만 죽음과 어울리는 사진 같은 건 그녀와의 추억 속에 존재하지 않았다.

창밖을 보니 해가 지고 있었다.

카메라 하나만 들고 붉게 물든 거리를 달렸다. 타인에게 민폐를 끼칠 걸 알면서도 제멋대로 구는 건 처음 있는 일이었다.

앞뒤 생각할 것 없이 그저 한 가지만을 생각하며 달려온 나는 병원 접수처에서 아야베 카오리의 병실을 확인하고 그녀에게 향했다. 무균실에 있던 그녀는 원래 병실로 돌아가 있었다. 아마 무균실에 있을 필요가 더는 없었기 때문일 것이다.

병실 앞에 도착한 나는 일단 심호흡을 하며 거친 숨을 가다듬었다. 그리고 소리가 나지 않도록 문을 열었다. 그녀가 침대에 앉아 활짝 열려 있는 창문으로 노을을 바라보고 있었다.

그녀는 뒤돌아보지도 않고 말했다.

"아하하, 결국 찾아왔구나."

병실의 모든 것이 노을빛으로 물들고 있었다. 그녀의 작은 등이 한없이 연약해 보였다.

힘겹게 이쪽으로 돌아서며 그녀는 힘없이 웃었다.

그녀가 입고 있는 것은 환자복이 아니었다. 지난 어느 날 나와 함께 산 옷이었다. 병실과는 어울리지 않는 옷이었다.

"바람이 시원하네."

"응, 그렇네."

석양과 함께 스며드는 바람이 볼을 어루만졌다.

너무나도 다정하게 느껴지는 노을빛 하늘 아래, 너무나도 슬픈 현실이 이곳에 존재했다. 하지만 그녀는 여느 때처럼 웃고 있었다.

"너는 분명히 나를 만나러 올 거라고 생각했어."

"응."

"사진 찍으러 온 거지?"

"맞아."

"후후, 그럴 줄 알고 사복으로 갈아입고 기다리고 있었어."

"준비가 다 됐네."

이 순간에 해야 할 일을, 내가 할 수 있는 마지막 배려를 그녀에게 전했다.

"너의 영정 사진을 찍고 싶어."

그녀는 아무 말도 하지 않고 살짝 미소 지었다.

그녀의 눈동자에선 더 이상 죽음에 대한 두려움을 찾아볼 수 없었다. '네 손으로 내 모습을 남겨준다면 죽음이 두렵지 않아.' 그렇게 말해주는 것 같았다.

"있잖아."

그때와 마찬가지로 그녀는 말했다. 처음 불려간 학교 옥상에서 그랬던 것처럼. 베가가 웃고 있다던 석양이 지기 시작한 하늘 아래서.

"응."

"나도 네가 내 영정 사진을 찍어줬으면 좋겠어."

그녀도 나도, 더는 아무 말도 할 수 없었다. 이대로 시간이 멈춰버렸으면 좋겠다고 생각했다. 하지만 아무리 셔터를 눌러도 시간은 멈추지 않았다.

일어날 기력조차 없어 보이는 그녀는, 자리에 가만히 앉은 채 나를 응시했다. 카메라 렌즈 너머로 그녀의 모습이 보였다.

백지장 같은 피부의 여기저기에 푸른 멍이 들어 있었다. 바람에 흩날리는 머리카락은 예전과 달리 미묘하게 어색했다. 가발인 것 같았다.

현실이 그녀를 죽이려고 한다.

안식을 주려는 듯 석양이 그녀를 따스하게 감싸고 있었다. 그녀를 찍을 마지막 기회였다.

이 사진의 완성은 곧 그녀와의 이별을 뜻했다.

손가락이 그 어느 때보다도 무거웠다. 그녀의 인생에서 최고의 순간을 찍어야 한다. 그녀의 바람대로 이 사진이 베가의 빛처럼 다른 사람들에게 전달될 수 있도록.

그녀이기 때문에, 웃음 가득한 인생을 보낸 아야베 카오리이기 때문에, 마지막 사진도 웃는 모습이길 바랐다.

어떤 말을 해야 그녀가 웃어줄까? 그런 생각을 하다가 문득 어떤 한 마디를 떠올렸다. 그녀가 웃어줄 거란 확신을 가슴에 품고 나는 입을 열었다.

그리고 역시 그 말은 통했다.

나의 말을 들은 그녀는 순간 눈을 크게 뜨고 놀란 표정을 짓더니 서서히 표정이 부드러워졌고, 마지막에는 눈물을 흘리며 부드럽게 웃었다.

나도 그녀와 같이 웃었다.

행복해하는 그녀를 놓칠 수 없어 황급히 셔터를 눌렀다. 손이 떨려 초점이 어긋난 채로 찍혔지만, 그런 것은 상관없었다.

마지막 셔터 소리가 병실 안에 울렸다.

면회 시간이 끝날 때까지 계속 그녀와 함께 웃었다. 거기엔 뚜렷한 사랑의 말도, 피부가 맞닿는 일도 없었지만, 나는 행복했다. 그녀도 분명 행복했다.

그로부터 여덟 시간 후, 그녀는 죽었다.

제8장

닫힌 창, 닫힌 커튼.

마지막으로 사람과 얼굴을 마주한 지 일주일이 지났다. 그녀가 죽은 지 일주일이 지난 것이다.

그녀가 사망했다는 소식을 듣고 나서, 나는 방 안에 틀어박혔다. 하루하루 숨만 쉬며 의미 없는 나날을 보내고 있었다.

그렇게라도 하지 않으면 죽은 그녀와의 약속을 지킬 수 없을 것 같았다. 그런 나를 나무라는 사람은 없었다. 그녀는 장례식에 가지 않은 나에게 화가 났겠지만, 도저히 참가할 수가 없었다. 나는 아직 그녀의 죽음을 받아들이지 못했다.

창을 열고 한 발 내디뎠다. 내 방에 딸린 작은 베란다를 향해.

"한 달 뒤에 유성군이 흐를 예정이래! 같이 보러 가자."

예전에 그녀가 말했듯이 오늘 밤은 별이 내릴 것 같다.

"데네브, 알타이르, 베가……."

여름 끝자락의 대삼각형은 맨눈으로도 볼 수 있을 정도로 빛나고 있었다. 그녀는 항상 별이 되고 싶다고 말했다. 그런 그녀를 나는 베가라고 불렀다.

여름의 대삼각형의 한 모퉁이를 담당하는 일등성. 칠석전설의 직녀를 상징하는 별. 베가의 별말, '마음이 평온한 낙천가'란 바로 그녀를 떠올리게 했다.

그녀가 밤하늘에 빛나는 일등성이 되었으면 좋겠다. 그런 생각에 잠겨있는데 문득 그녀의 별이 한층 강한 빛을 발한 것처럼 보였다. 별빛의 밝기와 색깔을 별의 감정에 비유하던 그녀의 말을 빌리자면, 지금 별이 웃은 것처럼 보였다.

아주 잔잔하게, 즐겁다는 듯이.

"일등성이 된 네가, 웃은 걸까…?"

너는 별이 되었을까?

그런 내 물음에 대답하듯 휴대폰이 진동음을 울렸다. 퇴근이 늦은 엄마의 연락인 줄 알았는데 메시지 창에는 그녀의 이름이 표시돼 있었다.

아야베 카오리.

더는 이 세상에 없는, 7일 전에 죽은 친구.

죽은 그녀가 보낸 문자 메시지에는, 이렇게 쓰여 있었다.

✉ 내일 저녁 학교 옥상으로 와.

이날 밤, 결국 내가 별들에게 소원을 비는 일은 없었다.

그녀가 죽었다는 소식은 분명히 들었다. 내가 찍은 사진이 장례식에 쓰였다는 소식도 들었다. 그녀의 부모님이 표한 감사 인사도 엄마를 통해 전해 들었다. 그런데 이 메시지는 틀림없이 그녀에게서 온 것이다.

*

개학식도 참가하지 않고 집에만 틀어박혀 있던 나는, 반신반의하며 약속된 시간에 학교 옥상으로 향했다.

그녀가 당당하게 드나들었던 출입금지 장소. 천문 동아리인 그녀만 들어갈 수 있는 곳. 그녀가 없는 지금은 아무도 없을 옥상이었다.

몇 번이나 그녀에게 끌려왔던 옥상. 이 문 너머로 나아가는 게 두려웠다.

문 뒤의 진실을 확인하고 나면, 정말로 그녀와의 관계가 끝나버릴 것 같았기 때문이다. 하지만 그녀가 내게 전하고 싶은 것이 있었다면, 외면하고 싶지 않았다.

마음을 다잡고 옥상 문을 열었다.

유달리 강한 석양빛이 시야를 가려서 순간 눈을 가늘게 떴다. 밝은 빛에 익숙해질 무렵, 나는 옥상 안쪽에 서 있는 누군가를 보았다.

오렌지색으로 물드는 세상 속에, 홀로 그림자를 드리우고 있는 모습. 그 모습은 그녀와 처음 이곳에서 만났던 때를 상기시켰다.

"너는…?"

가까이 다가갈수록 눈앞의 존재가 선명해졌다.

나보다도 조금 키가 작은, 여성의 실루엣. 다섯 걸음 정도 떨어진 거리에서 내가 멈추자, 눈앞의 인물이 뒤돌아섰다.

그것은 그녀보다 더 익숙한, 그녀와 마찬가지로 나에게 소중한 인물이었다.

"엄마?"

"미안해, 테루히코. 하지만 카오리가 부탁했어."

엄마는 오늘 휴가를 냈다며 아침부터 외출했는데, 여기서 계속 나를 기다렸던 걸까?

"카오리는… 나와 자신의 부모님 앞으로 편지를 남기고 갔어. 나에게 전한 편지에 테루히코를 여기로 불러달라고 적혀 있어서……."

엄마는 초췌했다. 눈가가 붉었고 그녀가 남겼다는 편지를 든 손은 떨리고 있었다. 그녀가 죽고 나서 엄마가 오열했다는 건 알고 있었다.

카오리, 네 주변 사람들 마음 한편에서 계속 살아 있으니까 슬퍼하지 않았으면 한다는 너의 소원은 역시 이루어질 수 없는 것 같아.

너와 약속한 나마저 슬퍼해서는 안 되겠지. 그렇게 마음을 다잡았다. 그녀를 잃은 슬픔은 내가 무덤에 묻힐 때까지 내 마음 속에만 남겨두어야 한다고 생각했다.

"테루히코, 이거… 카오리가 테루히코에게… 전해달라고……."

떨리는 목소리에서 필사적으로 눈물을 참으려는 엄마의 의지가 느껴졌다.

엄마가 내게 건넨 것은 그녀의 버킷리스트가 적힌 노트였다. 표지에는 '추억 앨범!'이라는 간결한 제목이 쓰여 있었다.

내가 노트를 받아들자 엄마는 나를 끌어당겼다. 나도 팔을 돌려 엄마의 떨리는 등을 어루만졌다.

"테루히코, 카오리가… 나는 아무것도 할 수 없었어. 아무것도, 나는…!"

"……."

그 누구도 잘못한 게 없었다. 그 누구도 나쁘지 않았다.

"어째서 카오리가……."

엄마는 무너져 있었다. 나는 엄마가 진정될 때까지 계속 등을 쓰다듬었다. 이 온기는 그녀가 내게 준 것이고, 이젠 내가 엄마에게 전하고 있었다.

"엄마가 되어가지고 너보다 더 슬퍼해서 미안해……."

"…아니에요."

이를 꽉 깨물었다. 이유는 알 수 없었다. 다만 악물고 있어야 할 것 같았다. 그렇지 않으면 무엇인가가 무너져 버릴 것만 같았다.

"…그 노트 말이야, 수술 후에 완성했대. 내용물은 아직 아무도 안 봤어. 카오리가 부끄러우니까 아무도 보면 안 된다고도 했고, 무엇보다 테루히코에게 남긴 거니까, 테루히코가 가장 먼저 봐야 한다고 카오리의 부모님도 말했어."

"네……."

익숙한 노트를 찬찬히 훑어보았다.

"카오리가 무균실에서도 이것만은 완성해야 한다며 열심히 만들었으니까 봐줘."

그 말을 하고 엄마는 옥상을 떠났다. 이제 옥상에 남겨진 것은, 나와 그녀가 남기고 간 노트뿐이었다.

노트를 열었다. 첫 페이지에는 그녀가 적어 내린 글이 있었다.

마치 그녀가 빨리 읽어보라고 재촉하는 것 같아 자연스럽게 손이 움직였다.

*

아마노 테루히코 군에게.

인사나 존댓말을 쓰면 분명 너는 나답지 않다고 말하며 바보 취급할 것 같으니까, 그런 딱딱한 표현은 안 쓸 거야! 편지도 유언도 아니고, 그냥 나답게 내 생각대로 쓸게.

잘 지내고 있어? 내가 죽어도 너는 태연할 것 같네. 슬퍼하지 말라고는 했지만, 진짜 슬퍼하지 않으면 그건 그것대로 조금 서운할 것 같기도?

뭐 그건 그렇고, 이 노트는 너에게 선물하기 위해 만든 거야. 눈치챘으려나?

너와 이야기하게 된 지 아직 두 달도 안 됐구나. 벌써 두 달이라고 해야 하나? 여러 경험도 하고 꽉 찬 시간을 보낸 것 같아. 너에겐 민폐였을지 모르지만 나는 정말 즐거웠어!

여기서 한 가지 충격적인 사실을 하나 알려줄게.

너는 나와 처음 이야기한 게 불꽃 축젯날이라고 생각할지 모르지만, 아니야. 전에 같이 햄버거 먹을 때 들려줬던, 네가 처음으로 인물 사진을 찍었다는 이야기 있잖아. 실은 그때 병원에서 울고 있던 여자애가 나야.

처음 병을 진단받았을 때, 두렵고 무서워서 눈물이 멈추지 않았어. 그런데 어떤 남자아이가 나에게 갑자기 카메라를 들이대지 뭐야. 카메라 앞에서는 항상 웃고 있어야 한다고 생각해서 필사적으로 웃다가 보니 어느새 겁이 나지 않더라고.

나는 그때부터 이름도 모르는 그 남자아이를 동경했어. 설마 그게 너였다니, 나도 놀랐어! 너에게서 그 이야기를 들었을 때 너무 기뻤어. 그때부터 나는 너를 사랑하고 있었던 걸지도 몰라. 네가 다시 나의 사진작가가 된 것도 분명 운명일 거야!

다음 페이지에는 나와 그녀의 추억들이 사진과 함께 이어져 있었다.【너와 별을 보러 갔을 때】라는 제목 밑에 은하수를 배경으로 한 나와 그녀의 투 샷 사진이 붙어 있었고, 그것을 필두로【너의 집에 처음 방문한 날】,【너와 롤러코스터를 타고 소리 질렀을 때】,【"사장님, 항상 주문하던 거로요."라고 말해보기】,【일본의 우유니 사막에서】 등 몇 페이지에 걸쳐 꾸며져 있었다.

그리고 그 뒤에는 왠지 그녀답지 않은 존댓말이 섞인 그녀의 글이 적혀 있었다.

고등학교에 올라가자마자 제 상태가 나빠져서 골수 이식이 필요해졌습니다.

하지만 저에게 적합한 골수를 찾지 못했고, 결국 의사 선생님은 앞으로 오래 버티지는 못할 것이라고 말씀하셨습니다.

하지만 나는 초조함과 두려움에 떠는 대신 남은 시간을 내 마음대로 살기로 했습니다!

친구와 함께 추운 날 바다에 가기도 하고, 늦게까지 밖을 돌아다니다가 순찰하던 경찰에게 한 소리 듣기도 하고. 나는 친구들에게 많은 폐를 끼쳤지만 그래도 많이 웃고 지

냈습니다. 그렇게 지내던 중,

나의 이기심은 당신을 찾아냈습니다.

비가 내리던 그 불꽃 축젯날.

나는 친구와 함께 불꽃놀이를 보러 갔습니다.

불꽃놀이가 끝나기 직전 친구는 관중석에 있었는데, 나는 더 가까이서 보고 싶어서 비가 오는 것도 상관 않고 걸어가고 있었습니다.

그때였어, 테루히코. 그때 네가 있었어.

네가 나를 보고 있었어.

그 진지한 눈이 매우 빛나 보여서, 불꽃놀이는 까맣게 잊고 네가 신경이 쓰여 견딜 수가 없었어.

그때 정했어. 나를 꼭 찍어 달라고 부탁하기로. 어쩌면 첫눈에 반한 건지도 모르지.

나중에 네가 내 담당 간호사 선생님의 아들인 걸 알고 깜짝 놀랐어. 그래서 너에게도 토모코 씨처럼 밝고 쾌활한 면이 있을 거라고 생각했는데, 같이 시간을 보내면 보낼수록 하나도 닮지 않은 걸 알았지.

너는 토모코 씨와는 전혀 닮지 않았어. 성격이 말이야. 그렇게 밝고 쾌활한 엄마에게서 태어났는데, 왜일까?

너는 내가 생각하기에 무뚝뚝하고 요령 없고 외로워 보였어.

처음 생각했던 것과는 달랐지만 그 덕분에 너에 대해 계속 생각하게 되었어.

생각했던 대로 착하고

생각보다 나에게 잘 맞춰주고

생각보다 너무 멋있었고

그렇게 생각하다 보니까 좋아졌어.

정신 차리고 보니 나는 너만 보고 있더라.

내 시선은 항상 너를 찾고 있었어.

그것이 사랑이라는 것을 깨닫고 나서는, 하루하루가 빛났어.

너는 어떻게 하면 웃어줄까.

너는 어떻게 하면 나를 좋아해줄까.

너는 어떻게 하면 나를 돌아봐줄까.

그런 생각을 하다 보니, 내 병 따위는 신경 쓰이지 않게 되었어.

사랑 앞에 병은 아주 작은 것이구나.

천체투영관 예뻤지?

진짜 밤하늘은 더 예뻤고.

겨울의 밤하늘도 같이 보러 가고 싶었는데……

함께했던 시간이 전부 즐거웠어.

처음 포옹했던 밤은 낭만적이었어.

나는 너와 만날 때면 항상 설렜어.

너는 어땠을까?

한순간도 설레지 않았다면 여자로서 자존심이 살짝 상할 것 같아.

다시 보니 사진도 많이 찍었네.

그만큼 추억을 많이 만들었구나, 우리.

죽기 전에 너를 만나서 다행이야.

전에도 말했지만, 너와 만나기 위해 나는 병에 걸렸을지도 몰라.

사실은 너의 연인이 되고 싶었어.

사실은 너와 더 많은 것을 하고 싶었어.

사실은 너랑 살고 싶었어.

하지만 나는 결국 죽겠지.

이게 내 마지막 어리광이야.

웃어줘.

너는 많이, 많이 웃어줘.

내 몫까지 웃어줘.

내가 살고자 했던 인생 속 어리광을 다 합친 거에 비하면 이건 약소하지?

그러니까 너는 계속 웃었으면 좋겠어.

나는 너와 함께 웃었던 시간이 너무 좋았으니까.

그래서 살고 싶어졌던 거니까.

그러니까 웃어줘.

나를 생각하며 웃으며 살아줘.

어쩌면, 앞으로 살아가면서 인생에 정나미가 떨어질 날이 올지도 몰라.

죽고 싶다고 생각할 수도 있을 거고.

그럴 때는 나를 떠올려줘.

이렇게 너와 만나 행복해하고

이렇게 죽기 싫어하고

이렇게 너를 좋아하는 여자가 있었다는 걸.

좋아해.

너무너무 좋아해.

사랑해.

말로는 다 표현할 수 없을 정도로 너를 생각해.

제멋대로 굴어서 미안해.

먼저 죽어서 미안해.

정말 정말 미안해.

그렇지만 고마워.

끝까지 나와 함께해줘서 고마워.

만나줘서 고마워.

진심으로, 고마워.

나는 정말로 너와 만나 행복했어.

노트를 다 읽고, 나는 현실로 돌아왔다.

그녀가 사라진 세상이었다.

"……."

나는 그녀와의 약속을 지킬 수 없을 것 같았다.

이렇게도 나를 생각해주고, 나에게 많은 것을 준 그녀를 떠올리며 눈물 한 방울 흘리지 못한다는 건, 싫었다.

"미안……."

나는 말을 맺지 못하고 오열하며 무너졌다.

그동안 필사적으로 참아왔던 것들이 터져 나와 멈추지 않았다.

"너는… 정말로 이기적이야."

하고 싶은 말만 하고 마음대로 혼자 사라지다니.

나에게 울지 말라고 한 사람은, 이미 이 세상에 없었다.

"나도, 너를……."

그녀는 듣지 못하겠지만, 그녀를 생각하며 울었다.

태어나서 가장 많이 울었다.

나도 너와 만나서 좋았어.

너와 이야기를 나눌 수 있어서 기뻤어.

너와의 추억이 나에겐 더없이 소중해.

너와 함께할 수 있어서 행복했어.

너와 함께하는 그 시간 동안 가장 많이 웃었던 것 같아.

네가 있어서 웃을 수 있었어.

고맙다는 말은 내가 너에게 해야 할 말이야.

고마워.

고마워.

고마워.

몇 번을 말해도 모자라.

나는 웃어 보였다.

서투른 미소를 지으며 하늘을 올려다보았다.

너처럼 웃으려면 아직 시간이 필요한 것 같아.

*

거기 너! 나와의 약속을 어긴 그곳의 너!

그렇게 울지 말라고 했는데 약속을 어기다니, 벌을 받아야겠지!

약속을 어긴 벌로 나와의 사진 한 장을 콘테스트에 응모해!

그리고 나를 잡지에 실어줘.

이런 귀여운 아이가 있었다는 것을, 네 손으로, 내가 없는 온 세상에 알려줘.

이렇게 귀여운 아이가 너를 좋아했다는 것을 온 세상에 자랑해줘!

알겠지? 꼭이야!

…마지막으로.

나를 위해 울어줘서 고마워.

하늘에서 빛나고 있는 그녀가 마지막으로 나에게 이렇게 말하는 것 같았다.

에필로그

　겨울의 산은 몹시 추웠다.

　최대한 꽁꽁 싸매고 왔지만 살이 에는 듯한 냉기가 걸음을 둔하게 만들었다. 몸을 녹이기 위해 조금 빠른 걸음으로 오늘 밤 숙박하는 시설에 도착했다.

　"…오랜만이네."

　그녀, 아야베 카오리가 죽은 지 1년 반이 지났다.

　그녀가 죽은 후, 지금까지 아무런 변화도 없었던 나의 인생에 어지럽다고도 말할 수 있는 사건이 차례차례로 일어났다.

　오늘은 그 일들이 정리되어, 생전에 함께 보자고 했던 겨울의 밤하늘을 보며 그녀에게 알려주러 온 것이었다. 분명 하늘과 가까운 이곳이라면 그녀에게 목소리가 닿을 거라고 생각했다.

　들고 온 짐을 내려놓고 따뜻한 실내에서 잠시 몸을 녹

인 뒤 다시 밖으로 나갔다.

예전에 그녀와 별을 본 장소로 가서 침낭을 깔았다. 혼자서 하는 천체 관측은 쓸쓸하긴 했지만, 그런 나약한 말은 하지 않았다. 나는 웃으며 살기로 했기 때문이었다.

셀 수 없을 정도로 많이 읽었던, 그녀의 노트를 곁에 두고 침낭 속에 누웠다.

겨울의 건조한 공기로 인해 하늘은 더욱 맑아 보였고, 여름의 밤하늘보다 겨울의 밤하늘이 넓게 느껴졌다. 멀리 있는 별들의 빛까지 볼 수 있을 것 같았다. 그녀가 말했던 그대로였다.

"네가 보고 싶다던 겨울의 밤하늘이야."

그녀가 죽은 뒤 1년 반 동안, 나는 그녀에게 배운 것을 실천하려고 했다. 그녀가 말한 것처럼 나는 웃으려 노력했다. 그녀처럼, 이라고는 할 수 없지만 그녀의 흉내를 냈더니 친구도 몇 명 사귈 수 있었다. 그녀가 남겨준 행복이었다.

"네 사진은 원하는 대로 잡지에 실렸어. 그 사진에 관심을 가진 프로 사진작가가 있지 뭐야. 너에게도 관심 있는 것 같아서 웃으면서 너에 대해 한참을 이야기했어.

나는 네가 아주 행복한 사람이었다는 걸 전하고 싶었어.

사실 난 이제 너를 떠올리는 것도 누군가에게 너에 대해 말하는 것도 너무 즐거워.

이렇게 되기까지 1년 반이나 걸려버렸네. 너는 너무 늦다고 불평할지도 모르지만 이제야 겨우 웃을 수 있게 되었어.

네가 남긴 과제는 참 쉽지 않구나.

앞으로 남은 인생 동안 계속 지켜야 하니 말이야. 너의 몫까지 웃으라고 하면 그건 죽을 때까지 웃으라는 거잖아. 너는 항상 웃고 있었으니까.

하지만 나는 그런 너의 이기적인 소원도 최선을 다해 들어줄 거야.

내 머릿속에 조금이라도 너의 기억이 남아 있는 한, 난 네 몫까지 웃을 거야. 나에게 행복을 선사해준 너를 향한 최고의 보답이 될 거라 생각하니까.

하고 싶은 말은 다 했으니 나는 이만 가볼게. 겨울 산은 시리도록 춥네."

차게 식은 손이 당장이라도 녹여달라고 애원하는 듯했다. 장갑 위로 호 하고 입김을 불었다.

"아 맞다, 한 가지 잊고 있었던 게 있었어. 네가 노트에 적은 글을 보고 그제야 깨달았지만, 이거."

나는 인생에서 처음으로 찍었던 인물 사진을 밤하늘을 향해 올렸다.

"네 노트를 읽고 사진을 보니 천진난만한 미소가 똑 닮아서 한눈에 알아보겠더라. 울상을 지으면서도 필사적으로 웃으려는 모습이 참으로 너다웠어.

달라진 점도 있더라. 처음 찍었던 사진도, 마지막에 찍은 사진도 모두 눈물을 흘리며 웃는 얼굴이었지만, 너는 옛날보다 훨씬 더 빛나고 있었어."

그렇게 말한 뒤에 자리에서 일어나 침낭을 개고 하늘을 올려다보았다.

겨울의 밤하늘도 예뻤지만, 역시 나는 그녀와 본 여름의 밤하늘이 더 좋았다. 뭐니 뭐니 해도 그녀가 함께였으니까.

"다시 한 번 말할게, 너와 만나서 행복했어."

다음에는 칠석에 그녀를 보러 오자.

나는 아직도 아마노 테루히코라는 훌륭한 이름에 못 미쳤지만, 그래도 그녀가 살아 있을 때보다는 좀 더 이 이름에 어울리는 사람이 되었다고 생각했다.

나는 그녀를 너라고 불렀지만, 지금이라면 성 정도는 불러줄 수 있을 것 같았다.

그러니까, 지금은 그녀가 이 정도로 이해해주었으면 좋겠다.

"또 올게요, 아야베 씨."

그녀와의 관계는 여기서 다시 시작이다…….

1년에 한 번, 하늘과 가까운 이 추억의 땅에, 나는 그녀를 만나러 올 것이다.

앞으로 몇 번이나 여기에 올 수 있을지는 모르겠지만 언젠가 꼭 그녀의 이름을 부를 수 있는 날이 오길 바랐다.

내가 내 이름에 걸맞은 사람이 되었을 때, 내가 견우로서 적합한 남자가 되었을 때.

그러니까 그때까지 그녀가 밤하늘에서 밝게 빛나며 느긋하게 기다려주면 좋겠다.

그 순간의 너를 나는 영원히 잊지 않아

© 2024, 후유노 요조라

초판 인쇄 ı 2024년 6월 12일
초판 2쇄 ı 2024년 12월 7일

지 은 이 ı 후유노 요조라
옮 긴 이 ı 박주아
펴 낸 이 ı 서장혁
편   집 ı 성유경
디 자 인 ı 이새봄

펴 낸 곳 ı 토마토출판사
주   소 ı 서울시 마포구 양화로161 케이스퀘어 727호
T E L ı 1544-5383
홈페이지 ı www.tomato4u.com
E-mail ı story@tomato4u.com
등   록 ı 2012. 1. 11.
I S B N ı 979-11-92603-58-2 (03830)